チュートリアルで神様がラスボス倒しちゃったので、私は好き放題生きていく

鬼影スパナ
Onikage Supana
illust:lxy

GCN文庫

ドワーフの商人
サティ
シュンラン亭オーナー
ハルミカヅチ
C級冒険者
ブレイド
???
女神

カリーナ
ハーフドワーフの奴隷
アイシア

なんとなしに胸をぷにょんと鷲掴みにしている。
や、やわらけぇ……
「って、俺、男なんですけど!?」

あとはご自由にどうぞ!
～チュートリアルで神様が
ラスボス倒しちゃったので、
私は好き放題生きていく～

著：鬼影スパナ
イラスト：lxy

GCN文庫

CONTENTS

チュートリアル

「あっはっはは!!　なーにが『我こそが混沌神《こんとん》だ』ですかぁ？　ざぁぁぁこ!!!　本物はもっと凄《すご》いんですからねぇぇぇぇ!!!」

「ひぃいいいいいい!?」


そう言って、俺――じゃなかった、私は……いや、こうでもなかった。

私の身体を使っている『本物の神様』は、『混沌神』を名乗っていたジジイを少しずつ、本当に少しずつ、ＬＥＧ○ブロックでできた物体を解体してブロックに戻すようにバラしていく。

比喩ではない。手足の末端から、小さなブロックになって血が一切流れずに崩されているのだ。既に右腕は肩近くまで完全にバラバラに崩されている。

これが、私に与えられた空間魔法の御業《みわざ》なのだろう。

場所は豪奢《ごうしゃ》な神殿。腕がない自称混沌神はキンキラ輝く装飾品を身に着けたジジイ。そしてそのジジイをいたぶる一見ただの村人な黒髪ストレートの女の子、私。

最初スケベな目で私の胸を注視していたジジイの瞳は、今や困惑と怯《おび》えしか映していない。

床に散らばる肌色と赤色のブロックを、残った左腕でかき集めようとするジジイ。を、容赦なく私の脚がずどんと蹴り飛ばした。サッカーボールかと思うほどに軽々しく吹っ飛び、神殿の柱にぶつかって「ぐえっ！」と悲鳴を上げる。

「ひぁ、ひぃいい、き、貴様、何者っ、いや、たすけっ」

「ほらほら、『混沌神』を名乗ってるんだったらこれくらい簡単に直せるでしょ？　え、できないの？　あははは！　ざーこ！　ざぁぁぁぁこ！　その程度で私の『混沌神《コイビト》』を騙《かた》らないでくださいねぇ!?　神罰が下っちゃいますよぉぉお!!　はいどーーーーん!!」

心底楽しそうな声が私の口から出てくる。ついでに先ほどから上下の空間をつなげて自由落下・加速させ続けていた瓦礫《がれき》をジジイのすぐそばに落として驚かせてやった。

「ぎゃぁあああ！　ひぃいいいあああ!!!」

「あははっ！　ほら、抵抗しないんですか？　してもいいですよー？」

「ふぁ、ファイアボールぅぅ！」

ジジイがそう叫ぶと火の玉が飛んでくる。が、空間を固定した見えない壁に阻まれ届か

ない。

「ま、無駄ですけど」

「念動力《サイコキネシス》ぅ！……なぜっ、なぜ効かんのだぁあああ!?」

「なんかしてますぅー？　あははっ」

そして自身の身体も『自分として固定』してあるとかで、外部の攻撃を一切受け付けない。

これは重さ等も含まれるため、この状態で瓦礫を持ち上げれば重さを感じずに持ち上げることができるし、持ち上げられない場合に壊れるのは瓦礫の方。

物理的唯我独尊《アイアムスター》。攻守兼ね備えた凶悪な身体強化《バフ》だ。

私の右手がすっと振るわれると、離れたところにあったジジイの身体がスパッと胴体で分かれた。しかしこれもまた血が出ない。

「ひぃいいい！　わ、我の身体があああっ……!?」

「あはは、大丈夫です、まだ空間をつなげてるので斬れてませんよ。まぁいつでも切断できるんですけどね？　うふふ」

パチン、と指を鳴らすと分断されていた身体が元に戻る。

「誰か、誰かぁーー！」

「助けは来ませんよー、今は空間分断してるので！　おっと、腕も戻してあげましょう。複製、反転！　結合！」

パンッと手を叩《たた》くと、ジジイの左腕が何もなかった空中に複製され、反転して右腕になる。そして、血管や神経に至るまでしっかりと接続する形で、分解されていた右腕のかわりにくっついた。

うごご、めっちゃ頭ぐちゃぐちゃする。これはかなり負荷があるようだ。

「あ、大丈夫ですか？　一応チュートリアルなのでなるべく一通りの能力を使っておこうと思ったんですが」

『今、一応って言いましたか神様？』

「やだなぁ、完璧にチュートリアルですよ？」

脳内で突っ込みを入れた私《俺》に私《神様》がくすくすと笑いながら返事する。

否やはない。

「こうやって身体を複製、再生すればいくらでも痛めつけることが可能なんです。まぁ複製はMPそれなりに使いますが、今はチュートリアルなので使い放題サービス！　チュートリアルなので!!」

そう、これは、あくまでも神様による私へのチュートリアル。

決して、神様のコイビトの名前を騙った不届き者への制裁ではない……いやまぁ、私が倒すべきラスボス的なのが自称混沌神《コイツ》なんだけど……

『神様は直接世界に影響を及ぼしてはいけないとはなんだったのか……』

「チュートリアルで力の使い方を説明するなら仕方ないよねっ!!……それとも、説明は不要でしたか？」

『いえ！　仕方ないであります、サー！』

「素直な子は好きですよ。あ、こんなこともできるんですよ？」

くいっと蛇口を捻《ひね》るように手を回すと、遠近を無視して自称混沌神の腕が捻り折られた。

くそう、なんというチート能力……！

そして、途中からジジイの汚い叫び声が聞こえないと思ったら、これも空間魔法で声を完全にシャットアウトしていた。

「じゃあそろそろ出血解禁しますか。ここからはちょっとグロいですよ」

『うぇっ』

そうして、神様はたっぷりじっくり時間をかけて、自称混沌神のジジイを徹底的に破壊した。

……

…………

――さて、どうしてこんなことになっているかを回想しよう。

元々私……俺は、日本に住む成人男性だったはずなのだ。それが、別に異世界トラックにはねられた訳でもなく気が付けば神界とやらにいた。

白い世界。目の前には金髪金目の少女がにっこり笑っていた。

「ようこそ！　突然ですがあなたには私の管理する世界へと転移……身体を新造するので転生ですかね？　まぁ異世界へいってもらいます！」

『……えっ？』

「はい、今あなたは命拾いしました。ここで『いきなり何するんだ！　拉致だ！　謝れ！』とか言って逆らったら消してましたからね。おめでとう！　前の人より言葉選びが良かったね！」

パチパチパチ、と手を叩く少女。……俺の前の人は消されたらしい。

「あなたに力を授けましょう。そして、やってもらいたいことがあるんです」

『は、はい』

「素直でよろしい。あ、私は時空神。神様です。本物の、ね」


そう言って少女の姿をした神様は説明を続ける。


「送り込む世界の中に『神』を名乗るバカがいるので、倒してください」

『……神、ですか？』

「自称神です。ちょっと放置してる間に生えてたので、本物の神の力を見せてシメとこうかと。ただ、直《じか》にはできない制約なんで、こうして転生者を用意する必要があるんですね」


にこり、と笑う。神様が直接ではなく、誰かに力を貸してやらせるのはアリだそうな。

なるほど、神様らしい制約だ。ということは、その世界の中にいる神様はそういう制約の関係ない、本当に自称の神なのだろう。


「報酬は、この世界での自由な生活。与えた力で英雄になるなり享楽を貪るなりご自由にどうぞ。死んだのに第二の人生があるなんてとんだご褒美ですよね？　あ。記憶の欠け等も多少はあると思いますが気にしないでください。私は気にしませんので」

『えっと……いいんですか？　何してもも？』

「なんなら神様を自称してもいいですよ、私の使徒ってことで下級神相当にはなります
し」

　ターゲットは名乗ってはダメなのに？　と首をかしげる。

「いや、神様を名乗ること自体はいいんですよ。ただちょっと見過ごせない名前のが1匹
いまして」

『はぁ、えっと。それでその見過ごせない名前とやらは』

「はい。『混沌神』です！」

　その名前が、目の前の神様のNGワードらしい。

『その混沌神ってのを捜して倒せばいい、ということですね』

「理解が早くていいですね。そういうことです。……っと、身体ができましたよ」

　神様がパチンと指を鳴らすと、浮遊感が消えてストンッと地に足が付いた。身体に入れられたのだろう。同時に神様が姿見の大きな鏡を持ってくる。

　そこには目の前の神様を18歳くらいにしたような雰囲気の女性が立っていた。黒髪ストレート、茶色で丸っこい目は少し地味な印象があるが、よく見ると可愛いタイプの女の子

だ。胸も結構ある。

「誰だこの美少女……んん!? 声、高っ!? えっ、俺!?」

鏡の中の女の子が俺の動かした通りに動いている。驚いている。ふわっと髪が揺れた。なんとなしに胸をぷにょんと鷲掴《わしづか》みにしている。や、やわらけぇ……

「って、俺、男なんですけど!?」

「私の趣味――げふん。力を与える都合で、私に似せた方がやりやすいんですよ」

「今趣味って言ったよね!?」

「文句があるなら消しますよ。やりやすいのは本当ですし。ああ、貴方の身体になるからおっぱい揉《も》んだりする他にもっとスゴいことしても良いんですよ? ね?」

俺は黙る。その場合消されるのは身体ではなく中身《俺》の方だろうから。別におっぱい揉み放題やもっとスゴいことに惹《ひ》かれたわけではない。

「では空間魔法と、基本的知識を纏《まと》めた本と、いろんなスキルを習得する素養を付与しておきますね」

「あ、ありがとうございます」

「そしてさらにサービスで、チュートリアルとしてその身体で私が力を実際に使って見せてあげましょう。あなたの未使用だった相棒に免じて初回限定ですよ?」

「ど、どど童貞ちゃうわ！——げふん。はい、よろしくお願いします」

かくして、俺は私になり、異世界へと降り立った。

「では、チュートリアルの相手は『混沌神』です。いっきまっすよー♪」

「えっ」

……

…………

かくして、冒頭に戻る。

そんなわけで、ラスボスである『混沌神』が、チュートリアルの名目であっさり仕留められたのである。

まぁ実際は七日七晩かけてじっくりゴリゴリ拷問の如《ごと》くいたぶっていたわけだけど。

神様が「え？　まだ分からない？　仕方ないなぁチュートリアルだから『分からなかったからもう一度説明して』ができるのも当然だよね！」と言って頼んでもないのに『身体と精神を直してもう一周』されるジジイが不憫《ふびん》ですらあった。

あ、一応トドメは私が刺したけどね。「では最後に、自分で能力を使ってみましょう！　脳と身体の接続を断ち切るだけです、簡単でしょ？」ということで。

『おお私の使徒よ。見事、混沌神を名乗る不届き者を成敗してくれましたね。ご苦労様でした』

私に換わって心の声と化した神様がそう語りかけてくる。ご苦労も何も、チュートリアルと銘打って好き放題全力を振るう神様によってお膳立てされた、HP1で「……シテ……コロシテ……」としか言えなくなったラスボスにトドメを刺すだけの簡単なお仕事でしたが。実働1分。

これ、実のところ神様がチートでフルボッコしたかっただけだよね？

「神様……私、要りました？」

『はい。手続き上必要でした』

なるほど。手続き上必要だったのなら仕方ない。……まて、よく考えたらこの神様でも逆らえない『手続き』ってなんなんだ。もっと上がいるのか？　怖っ。

『まぁ私はスッキリしたので満足です。じゃ、報酬としてあとはご自由にどうぞってことで』

「あっ、はい」

『私と話がしたくなったら教会とかでお祈りしてくださいね。んじゃノシ』

ノシって。手を振る文字絵《アスキーアート》かよ。この世界日本語あるの？

…………

……

えっ、終わり？

本当に？

私、放置？

辺りを見回してみると、そこはすっかり廃墟《はいきょ》であった。

元々は自称混沌神が治める錬金王国があったらしいんだけど、神様の全力の余波ですっかり廃墟と化している。

あのあたりは多分、上下で空間をつなげて瓦礫を無限落下・無限加速・複製からの瓦礫散弾《メテオショットガン》を連発した跡だな。あっちは、一直線に全てを切り裂いた次元斬《オールカット》か？

空間環境構築《エリアテラリウム》で一瞬にして焦土と化した場所もあれば、天地返《リバーシ》しとか言って一定空間の上下を入れ替えて頭から落として滅茶苦茶になった場所もある。

そんで、この惨状の一番の決め手は強制無限収納《ブラックホール》&瞬間全放出《ホワイトホール》に違いない。あれでなにもかもがゴチャゴチャになった。


……うん、どれも超必殺級の、国を破壊できる威力を持っていたね。空間魔法って超ヤバい。ここまで使えるのは神様くらいだろうけど……


「ともあれ、これは後の歴史で神の怒りに触れて一晩で滅んだ国、と語られるな」

神様の恋人（恋神？）の名前を騙ったから滅んだ国、か……もし将来私が神を名乗ることになっても、混沌神だけは絶対に名乗らないようにしよう、と心に決めた。

「さて、ここからどうしようかな……」

何の目的もなくなってしまった。本来の目的であった自称混沌神は既に死亡。神様も好きにしろとおっしゃる。

「この惨状の生き残りとか探すべきだろうか……いや、恨まれても困るな。7日も時間かけてやってたから絶対顔見られてるよね。逃げよう」

やったのは神様です。私は悪くねぇ！

というわけで、私は空に向かって転移する。その後、空から見えたお山へと転移。

これで多分一安心、だろうか？　ふぅ、と一息つく。

ぐぅ、とお腹が鳴った。そういえば七日七晩戦ってたけど、この世界でまだ何も食べていない。もしかして食べなくても平気な身体になってたんじゃないかと思ってたけど、あれはチュートリアルだからであって、通常なら普通にお腹も減るようだ。

ふと目についた黄色いリンゴのような果実を空間魔法でもぎ取り、手に取る。

「これは食えるのかな？　っと」

神様から貰《もら》った基本的知識を纏めた本がどこからともなくポンッと現れる。え、なんか勝手に出てきて浮いてるんだけど。怖。

「……調べてみろってこと？　えー、聞けばいいの？　じゃあその、このリンゴ？　食べられるかな？」

私の声に反応したのか、本がパラパラパラパラとめくれてページが開かれた。ぴこーん、ぴこーんと点滅する箇所を見ると、『食用可』と出ていた。でも名前は載っていない。特に名前のない品種なのかな。

「なるほど？　ま、とりあえず食べられるのか」

用が済んだと判断したのか、本はスポンと虚空の穴に消えた。

リンゴのツルツルした皮に噛《か》みついて齧《かじ》ってみると、シャリッとした食感とほのかな甘み。うーん、香りはいいんだけど質の良くないリンゴの味。品種改良されてないなぁコレ……もぐもぐ。あ、ちょっと魔力的なのが回復した感じする。悪くない。

この基本的知識本は、意識すれば出てきて色々と調べてくれるようだ。

……あ、そういえばこの世界の言葉って通じるのかな？　多分通じると思うけど。神様の言葉やらジジイの命乞いやらは分かったしな。

「となれば、普通に生きていく分には空間魔法もあるし苦労はしないだろうけど」

なんならこのリンゴっぽい果実を空間魔法で複製したらそれだけで食には困らない。チュートリアル中は無限に使えたＭＰも今は上限のある状態だが、それも休めば回復するみたいだし、いくらでもサバイバルできるだろう。

しかし野生で生きる、というのは現代日本に生きていた記憶のある者としてちょっと抵抗がある所存。もう少し文化的な生活をしたいものだ。

例えばトイレとか。

……この世界の一般的なトイレはどんなんだろう？　お、また基本的知識本が出てきた。ほうほう、スライム式ボットン便所。注意点として、たまに育ち過ぎたスライムに襲われたりする事案もあるそうな。こえー。水洗トイレと組み合わせて、スライムの逆流を防止した仕組みとかねぇのかな……ふむ、『該当なし』とな。ないのかぁ。自分で作らないと存在しないのだろう。

「……なんかの職人でもやってみるかなぁ。なぁ、これからどうすればいいと思う？」

本はふよりと浮いて、パラパラとめくれる。……『該当なし』。一瞬期待したものの、この本、話し相手や相談相手にはなってくれなさそうだ。

あ。というか今更だけど、そもそも、身分的には大丈夫なんだろうかこの身体。

「ヘイ基本的知識本さん。身分関係ってどうなってる？」

戸籍とかは、人頭税の関係でそこらへんは日本ほどではないけどしっかり数えられているらしい。ありがとう、と虚空の穴に本をしまう。……んん、まぁ今は自称混沌神が治めていた錬金王国が無茶苦茶になったから、そのゴタゴタに紛れればいける、か？

それと戸籍ついでに自分の名前も忘れてた。

「まさか自分の名付けからしないといけないとは……あー、神様がチュートリアルしてる間に考えておけばよかった」

前世の名前……いや、身体が性別からしてガラッと変わってるんだ、同じ名前だといつまでも男の意識が抜けなくて困るだろう。とりあえず仮の名前でもつけておくか。後で良いのが思いついたら変えればいいし。

カリノ、カメー、いや、カリーナかな？

「カリーナ。うん、とりあえずはこれでいいか。……なんか思いの外しっくりくるぞ？」

口に出してみると、ますますしっくりくる。なんでだろ……神様がこの身体を適当に作ったからとかかな？　まぁいいか。

「うん、とりあえず人里を目指そうかな」

私は、ポリポリと頭を掻《か》いて行動を起こすことにした。

第一章

　空から探せば、人里はあっさり見つかった。

　というか錬金王国から延びてる街道を辿《たど》れば一発だ。平原にある城壁に囲われた町、いわゆる城塞都市を見つけることができた。

　基本的知識によれば町の名前はソラシドーレ。錬金王国の隣国、パヴェルカント王国の都市らしい。

「ここを最初の町としよう！」

　私の設定としては、

『錬金王国が神の怒りに触れ滅んだので慌てて逃げてきた。先日錬金王国で商人になったばかりだった。何か仕事が欲しい。できれば行商人になりたい所存』

　……という感じ。

　色々考えた結果、商人になるのが一番よさそうだという結論に達したのだ。神様に貰った空間魔法の収納は、この星の地表全部を入れても1％にも満たないだけの容量がある。実質無限の容量だ。そして転移。遠くの町や道が悪い村への移動も楽々！

輸送量が無限で、輸送料はほぼゼロ。これはもう行商するしかねぇよな！

「読み書き算術もできるし、魔法も使えるんだ。何とか仕事にありつけるだろ」

まぁ商人が無理でも次点で冒険者だ。空間魔法があればモンスターなど恐れるに足りぬ。

できればガッツリ儲《もう》けて悠々自適に暮らしたい。気が向いた時だけ働いて、あとはぐーたらするスローライフを所望する。


私はソラシドーレの門の近くへと転移する。幸い、人通りはほぼなかった。

見上げるような高さの壁。そこにある立派な門。

そこには門を守る兵士が詰めている。そっと覗《のぞ》くと、兵士が声を掛けてきた。

「身分証の提示を」

おおっと、身分証。ちくしょう、そんなの持ってねぇよ。

「その、すみません。なくしました……」

「ではお引き取りを」

「あ、いや、その、襲われて！」

アッサリ追い返されそうになったのでそう言って食い下がる。

「なんだと、詳しく話せ！　どこで何に襲われた!?」

するると兵士は表情を変えて食らいついてきた。え、何急に!?

「あ、ええと。錬金王国なんですが、その、か、神様に？　で、荷物も捨てて逃げてきたというか……」

「は？　ああ、いや、錬金王国……」

私がつい少しだけ本当のことを言ってしまったところ、兵士は少し考えこむ。マズかっただろうかと思いつつ黙っていると、数秒して兵士が「ふむ」と頷《うなず》いて再度口を開く。

「お前は錬金王国の者なのか？」

「ええと。はい。カリーナと申します」

「そうか。こっちへ来い。詳しい話を聞かせてもらおう」

兵士に呼ばれて詰め所へと入る。


ガチャリ。


と、鍵のかかった音がした。んん？

「さて。カリーナといったか。貴様は何者だ？」

……もしかしてこれ尋問ですか？

私は慌てて言い繕った。色々言った気もするが、要約すると次の通りだ。

私、カリーナ！　商人目指して錬金王国からパヴェルカント王国、ソラシドーレへとやってきた18歳の女の子！　でも故郷の錬金王国が滅んじゃったからここで身を立てないと生きていけない、大変大変大変！

荷物は途中で錬金王国のお友達モドキに盗られちゃったので何にも持ってません！

「ほぉー……大変だったな、それが真実であれば、だが」

そんな感じのことを話したところ、思いっきり怪しまれています。いやぁ、うん。私も今さっき気が付いたんだけどさぁ、私ってば身綺麗《みぎれい》すぎるのよ。

この世界、錬金王国からこの町まで徒歩でやってきたとするじゃん？　しかも襲われたとか言ってるのに全然汚れてないの。

うわー怪しい。

「……あー、実は魔法で飛んできました」

空間魔法ほどではないけど、魔法で空を飛ぶことは不可能ではないだろう。ジジイも飛んで逃げようとしてたし。

だがこうして嘘《うそ》ではない程度に真実を話すと……

「ほう？　君は魔法使いだったのか。それでどうして荷物を奪われたんだ？」

「寝起きで、その、とるものもとりあえず？」

「商人を目指している者が、か？」

わーん、ガンガン突っ込まれるよぅ！　そりゃ兵士さんもそれが仕事だもんね！　くそう、こんなことなら門から入らず直接町の中へ転移すべきだった！

その後、商人の証明だと読み書き算術ができることを見せると、今度はスパイ容疑で疑われる始末。だがこんな間抜けなスパイがいるか？　と別の兵士さんに庇《かば》われたり。さらには私が陽動かもしれないと警備を補充するとかで大事に……ああああああ！　神様助けてぇ！　あなたの使徒が困ってます！

『ん？　今、呼びましたー？　切実な祈りを感じたんですが』

「神様っ!?」

神様の声。ハッと兵士さんを見ると止まっていた。

どうやら時間が止まっているようだ。

「こ、これは……時間停止!?」

『ええ、私ってば時空神なもので。今この部屋の時間だけ止めてます。犬がいなくて助かりましたね、この魔法ってば犬は止められない制約なんですよ』

なぜに犬だけ？？？

『尚《なお》、時間系スキルは禁術なので貴方に与えてないですよ。覚えるなら自力でどうぞ』

あっさりそう言う神様。覚えられはするんですね。禁術だけど。

『で、助けても良いですが、貸しひとつですよ。今度教会に貢物を捧《ささ》げてくださいね』

「は、はい！　あ、でもできれば解決とか貢物は穏便な方向で……人殺しとか生贄《いけにえ》はちょっとなるべく遠慮したいなぁって……」

『私を何だと思ってるんですか。無闇に人を殺したりしませんよ』

すみません、破壊神か何かだと思ってました。

『身分証を収納空間に入れときました。それを見せれば解決します』

「あ、ありがとうございます！　絶対貢物をお届けします！」

『そして大事なことですが、貢物は美女の靴下でお願いします、貴方以外ので』

「……なぜに美女の靴下？　あの、神様って女神でしたよね？」

『趣味です』

神様って、変な趣味持ってるんだなぁ……

『では時間停止解除までぇー、3、2、1……』

神様のカウントダウンと共に、止まっていた時間が動き出す。

「あっ！　すみません、身分証がありました！」

「む？　なくしたと言っていたはずだが？」

「ええと、服の生地の裏のところに隠してたやつがありまして――これです」

そう言いつつ、懐で収納空間を開いて神様から貰った身分証を取り出す。それは、500円玉より少し大きいメダルだった。中央には穴が開いている。

身分証を兵士さんに渡すと、まじまじとそれを見る。

「……これは……そうか」

兵士さんの態度が明らかに変わった。いかつい顔がとろんと柔らかくなる。

「うむ、問題なし。通っていいぞ。全く、これを最初から出したまえ」

「あ、はい。ありがとうございます」

凄い、神様の身分証。よく分からないうちに通れてしまった。と、兵士さんから返された身分証のメダルを改めて見る。

……サイズの大きな5円玉だった。

え、異世界は5円玉が身分証になるの？　そう思ったとき、脳内に神様の声がした。

『催眠で「これはちゃんとした身分証である」と思わせるアイテムです。あんまり使うと効果が薄れるので多用はしない方が良いでしょう』

あの。神様って実は悪神だったりします？　とは思いつつも、助かったのでそれは口にしないことにした。現世利益って大事よね。

『あ。ついでに言い忘れてたこと今言っちゃっていいですか？　まぁ勝手に言いますけど、この世界は崩壊の危機にあります』

なんですと？

『神器《じんき》というスーパースペシャルでウルトラグレートなアイテムがあるんですが、ちょっと数が多すぎて世界のエネルギー支出が赤字なんですよねー。気が向いたら回収しておいてください』

え、なにそれ一大事じゃないですか。なんでそんなめっちゃ気軽に話してんの神様。

『まー、別になくてすぐに世界壊れるわけでもないし、あったらでいいんで！　詳しくは貢物を教会に持ってきてくれた時に話します。んじゃまたねー』

……それきり神様の声は聞こえなくなった。

な、なんだよぅ！　世界の危機とか！　くそう、こうなったらなるべく早く美女の靴下を入手して神様に詳しい事情を聞かなきゃだよぅ！　あーん！

＊　＊　＊

　さて、神様から万能偽造身分証を貰って無事町に入ることができた。だが毎回催眠するわけにもいかないので、さっさとちゃんとした身分証を入手しなければならない。

　身分証ロンダリングが必要だ。


　そんなわけで商人ギルドへとやってきた。身分証を手に入れると共に、商人になってしまおうという寸法だ。

　商人ギルドは石造りの大きな四角い建物である。中に入ると、どこかあわただしい空気が流れていた。うーん、商談の喧騒《けんそう》がさすが商人といった感じ。総合カウンターというところがあったので、そこにいた受付嬢さんに声を掛ける。

「あのー、ギルド証が欲しいんですがどうすれば……」

「新規加入ですか？　では身分証と、ギルド加入費に銀貨25枚を」

「あっ、すみませんまた来ます」

　身分証は神様から貰ったからともかく、そういえばお金がないのである。なんだよめっちゃ金かかるじゃん商人。こうなったら早速プランB、冒険者ギルドだ。

無一文から稼ぐならやはり定番は冒険者ギルド。基本的知識本にもそう書いてある。実力次第で成り上がることも可能。空間魔法を使えば無敵の私ならあっという間にSSSランクとかにだってなれるさ！　まぁほどほどでいいんだけど。

それになにより、冒険者ギルドなら登録料を後払いもできるらしい。

というわけで今度は冒険者ギルドへとやってきた。

木造の酒場みたいな建物である。実際酒場も兼ねているらしい。入ると、視線が私に集まるのを感じた。主に胸に。おいお前らバレてんぞ。チラチラ見てると尚更分かりやすいぞ。へへ、スケベどもめ。

幸い絡まれるということはなく、普通にカウンターへ。受付嬢さんに話しかける。

「すみません、冒険者になりたいんですが」

「かしこまりました。では身分証と、登録料に大銅貨5枚を。現物か後払いでも構いませんが、この場合大銅貨5枚と中銅貨1枚分になります」

「後払いでお願いします、これ身分証。あ、私カリーナって言います」

私は予定通り後払いを選択し、万能偽造身分証を見せた。……通常は村長や先輩冒険者等、『そいつが問題起こしたら責任を取る人』からの一筆になるらしい。本来ならそこらへんの最低限の信用がないと登録できないってことだ。ま、私の場合神様が保証してくれてるわけなのである意味これ以上ない保証ってことでひとつよろしくお願いしますよ。へへへ。

ちなみに貨幣について。銅貨1枚で黒パンが1つ買える程度。中銅貨は銅貨5枚分。大銅貨は銅貨10枚分。銀貨は銅貨100枚分で、金貨は銀貨100枚分。中、大貨は銅貨と同様だ。（商人だと計算ができるから中銅貨、大銅貨とはあまり言わなくなるらしい）

だからまぁ、冒険者ギルドの登録料は元々5000円なのが後払いだと5500円になる、みたいな感じ。

「はい、身分証は問題ありません。ではカリーナさん、こちら、ここでのみ使える仮ギルド証となります。支払いが済んだのち改めてギルド証を発行しますね。現状はGランクとなります」

「あ、はい」

番号の入った木の札を受け取る。なるほど、こういうシステムなんだなぁ。

ちなみにランクは仮登録がG、Fで新人。Dで一人前、Cが中堅《ベテラン》。BがエリートでAが超エリート。あとは特殊なランクとしてSがあるとのこと。

まぁよくありそうな感じだよね。うん。なんでAの上がSなんだろう。……なんか翻訳で私に分かりやすいようにそう聞こえてるだけかもな。読み書きも勝手に変換されてるっぽいし。


「早速だけど、魔物の討伐とかってお金貰えるのかな？　宿に泊まるお金もなくて……」

「武器もなしに魔物の討伐はちょっとおススメできませんね……」

私が受付嬢さんと話をしていると、ギルドの酒場スペースで飲んでいた赤ら顔の男が木のジョッキを片手に千鳥足でやってきて話しかけてきた。

「おーおー、嬢ちゃん金に困ってんのか？　俺が一晩買ってやろうか。大銅貨6枚出してやるよ！」

「ちょっと！　ブレイドさん!?」

……なるほど、そういえば私は今女の子。何はなくとも身体があった。下を見れば、ナニはなくともおっぱいがあった。

まぁ、中身が男なので男相手に身体を売るのはノーセンキューなわけだけど。

「……フッ、私を買いたければ金貨100枚持ってくるんだな、酔っぱらい」

触ってきたらぶっ飛ばしてやろう、と身構える。

しかし、男はその場でぷはっと噴き出した。

「だはは！　買いたいのは山々だが、そんな金あったら冒険者やってねぇや！　あー、すまんすまん。ほら、迷惑料だ。受け取ってくれ」

そう言って、赤ら顔の冒険者はピン、と穴の開いた銅貨――中銅貨を弾《はじ》いて寄越した。

困惑しつつ、ぱしっと受け止める。

「ナイスキャッチ。良い冒険者になれるぜ」

「えっと……ありがとう？」

「だはは、これで勘弁してくれや。ははは！」

そう言って男は酒場スペースへ戻る。「やーい、振られてやんの」「あわよくばとか思ってたくせに、カッコつけやがってコイツぅ」「うるへー、新人へのサービスだっての！」と、仲間であろう二人と騒いでいる。

「……うーん、絡まれたかと思ったけど、ただの親切なお兄さんだったか」

「ええと……まぁ、はい。ブレイドさんは面倒見のいい人なんですよ」

「ブレイドさんね。覚えとこう」

こうして、私はこの世界で初めてお金を手にした。

初めて手にしたお金は、先輩冒険者のお節介による投げ銭であった。

私は改めて投げ銭で貰った中銅貨をつまんで見る。

黒パンが5個買える感じなので、日本円に換算して500円くらい。ちょっと奮発した募金といったところ。

そして、私は空間魔法の【複製】でこれを何千枚にでも増やす力がある。つまり、貨幣のコイン1枚を手にした時点で、私は大金持ちになれるのだ。

「……」

しかし、お金を増やすのはなんか違う。そう、なんか違うのだ。

お金を複製したらそれは贋金《にせがね》だ。いや、分子の1粒に至るまで完全に複製されるので、限りなく本物ではあるが……お金はあくまでお金。子供の小遣い程度ならともかく、将来的に商人スローライフを目指すとすれば。商人の取引レベルでお金が増えたら、本来ないはずの貨幣のせいで相対的に物価が上昇。インフレが起きて市場が崩壊するだろう。

それは1枚の銅貨を複製するところから始まってしまうのだ。

一度お金を複製してしまったら、お金を複製することに抵抗が薄れてしまう。

複製するなら商品の方……いや、これもマズいか。商品だって、商人が取り扱うのは誰かが作るなり、採取するなりした代物だ。商人としてそれを手に入れるのであれば、そこには本来金銭のやりとりが発生するべきであり、それを省略してモノだけ得てしまえばやはり健全な経済活動とは言えないだろう。

「……お金と商品の複製は、最終手段だな」

そんなことしなくても、空間魔法さえあればいくらでも稼げる。どうしても必要な場合を除いては使わない、という縛りプレイくらいあってもいいじゃない。うんうん。

私はそう決めて、中銅貨を収納空間へと仕舞った。

ちなみにこの理論であれば、自分が原材料から採集して作った商品であれば複製してもいいことになる。自分で作ったモノなら、作成過程を飛ばすだけだからね！　時短時短！

神様からスキル習得の素養とか貰ってるし、鍛冶師とか錬金術師とか魔道具作製士とか、そういう感じの生産系スキルを覚えるのもアリだろう。

あと商品ではなくて個人的に使うモノとかもＯＫだな。例えば自分用に希少金属で剣を作りたい、といった場合に原材料を複製して用意するのはＯＫとしよう。練習用の材料を複製するのもアリ。売らなきゃＯＫ。自分用自分用。

「まぁさすがに縛りすぎてもつまらねぇからな……っと」

不意に尿意を催してきた。この世界初尿意だ。

幸いここは冒険者ギルド。よかった、初おしっこが野ションとかにならなくて。

「すみません、トイレ貸してください」

「あ、はい。あちらです」

「どーもー」

あー、漏れる漏れる……って、ちょっとまて、あ、やば、意識したら急にきたぞ。

あれ、そういや棒がない場合ってどうやって我慢したらいいの？

……マジで漏れそう。

うぉお、トイレトイレ!!　急げぇ!!!

ばたんと扉を開けると、数人が男性用小便器で立ちションしていた。うぇ小便くせえ。

新宿駅のトイレよりきついアンモニア臭。水洗トイレの開発は急務かもしれん。

「うぉっ!?　おい嬢ちゃん、こっち男用トイレだぞ！」

「おっと！　すまん間違えた！」

あらやだ、そういえば今の私は女だったわ。カリーナちゃんうっかり！

「だがもう無理！　漏れるッ！　大を借りるぞ！」

「えちょっ、まぁ漏らすよりはいいか……スライムに気をつけろよー」

私はそのまま大きい方用のトイレに突撃し、異世界初トイレと相成ったのである。

ふぃー……あれ、トイレットペーパーないいんだけどー？

……

………

ふー、スッキリした。ついでに大きい方も致しました。

そして基本的知識本によれば、異世界のトイレではトイレットペーパーないんだと。生活魔法の【洗浄】で何とかしろってさ。魔力切れがなければトイレットペーパーが切れる心配もないのはありがたいね。

あと、マジで底の方でスライム君がうにょうにょしてたの！

そして私のトイレの結果、スライム君がめっちゃ怒ってた。スライム君はスカベンジャースライムとかいう品種らしく、さらには男性用・女性用で別々に調教されたトイレ用スライムらしい。

理由は基本的知識本にはなかったので不明……嗜好の違いだろうか。うーん、奥が深い。

いや、スライムの業が深い？

＊　＊　＊

かくしてTS初排泄《はいせつ》を済ませた1時間後。私は酒場にて先輩冒険者に冒険者のアレコレを聞いていた。

「冒険者や行商人は自分用のスカベンジャースライムをテイムしてるやつが多いぜ。野営する時とかあるとないとじゃ大違いだぞ」

「あ、そうなんすか」

「エサ代も掛からねぇし、いざって時は囮《おとり》にしてもいいしな。そうだ、俺のを分けてやろうか？……って冗談だよ、そんな顔すんなって」

そんな感じで先輩冒険者のブレイドから聞いたのは、基本的知識本にはなかった野営のための情報だった。うーん、為になるね。私は空間魔法あるから野宿不要だけど……

おっと、私がなんで突然先輩冒険者に突撃取材してるかって？

異世界初トイレしながら、基本的知識本で冒険者の活動について調べてみたんだけど……不足していた情報を知りたくて先輩冒険者に突撃取材してみた次第。

野営のやり方自体は本に載ってたけど、随分大雑把な情報しか入ってなかったんだよね。本当に基本的な情報だけなんだなって実感した所存。

つまり、お外でトイレしたくなったらどうすんの、とかが分かんなかったわけ。

で、取材相手《ターゲット》に選んだのは中銅貨の投げ銭をくれたブレイドさんだ。

「……つーか、普通に俺に話を聞きに来るとは思わなかったわ。凄いなお前。ああいや、褒めてんだぞ。先輩の持ってる情報って大事だからな。そういうのちゃんと聞きにこれるって、ホント良い冒険者になれるよお前」

「いやぁそれほどでも。あ、ジョッキが空ですよどうぞどうぞ」

「おっ、サンキューな」

そう、私は先輩冒険者から冒険者の話を聞くべく、自分からブレイドさんに「お酌するんで、ちょっと冒険の話聞かせてください」と話を持ち掛けたのだ。ブレイドさんは「えっ!?」と驚きの表情を浮かべたのち、「まぁいいけど」と快諾してくれた。

受付嬢さんが言ってた通り、本当に面倒見のいい人のようだ。しかも飯まで奢《おご》ってもらっちゃっている。パンにハムとレタスまで挟んである、銅貨5枚相当のごちそうである。

「ハハハ、それは迷惑料じゃねぇからそのうち返せよ。無理なら身体で払ってもいいぜ」

先輩、あざーっす。

「あ、そういうのはナシで。普通に稼ぐんで」

「あっはっは、ブレイドまたフラれてやがる」

「っかー！　脈ねぇなー！　諦めろよブレイド」

「おっと、お二人もジョッキが軽そうですね、どうぞどうぞ」

「お、悪いね」

「いやぁ、今日は酒が美味《うま》いなー」

ブレイドの仲間、樽《たる》のような大男のシルドン、猿のように小柄なセッコー。冒険者ランクは全員C。中堅《ベテラン》冒険者だ。彼らは三人で冒険者パーティーを組んでいて、役割はブレイドとシルドンが前衛、セッコーが遊撃のサポート役だそうな。

「つーか、カリーナちゃんはソロでやんのか？　誘うお友達とかいなかったのかよ」

「ま、ソロですねー。こう見えて腕に自信はあるんですよ。あと、そのうち商人になる予定、みたいな？」

「冒険者ギルドの登録料も払えないのに？　ま、最初から店舗を持つとかはできないだろうし行商人からだろ。そんとき護衛依頼するなら俺達『サンバッカス』をよろしくな！　多分あと10年は冒険者やってると思うし」

「ええ、タイミングが合えば是非」

まぁ空間魔法あるから頼むかどうかは微妙なところだけど。尚、サンバッカスっていうのは太陽&酒の神という意味のパーティー名だそうな。

「けどまずは金を稼げる依頼をこなさにゃならんなぁ。商人ギルドに加入するだけでも大銀貨2枚と中銀貨1枚だろ？　元手になる金も必要だし、相当貯めなきゃだ」

「ギルドに金預けとくのが一番安心だな。宿に置いとくと盗《と》られることもあるし」

「おススメの依頼ねぇ。初心者依頼って言われてるけど、薬草採取は意外と難しいよ。ちゃんと処理しないと使い物にならないし。それだけならまだしも根こそぎ持ってきて折角の群生地枯らすバカもいてさぁ……」

うーん、マジためになるな先輩冒険者。

お酌するだけでこんなに情報貰えていいんだろうか？　うめぇうめぇ。

「となると今の私が狙うべきは討伐系の依頼ですかね？」

「といっても、まず装備がなぁ……今の嬢ちゃん、どっからどう見ても村人っていうか」

「そもそも武器のひとつも持ってないとか襲ってくれと言ってるようなもんだ。見せ武器でもいいからなんか持っとけ」

「ブレイドが思わず声を掛けたのも分かるよなぁ……ああ、一応言っとくとな。自分の愛人とかって名目ならパーティーで面倒見ることもできるんだわ。フツーなら仮ギルド証のGランクをCランクのパーティーには入れられねぇしな」

「なんと、そんな事情が」

あー、基本的知識本になかった情報が充実していくわぁ。将来使うかはさておき。

「あんまり町から離れるなよ、魔物相手はマジで死ぬぞ。なんなら盗賊の方がまだ生かしてくれるレベルだ。倒せないだろうけど」

「できれば町中の配達依頼とかの方が安全でいいんだけど……あんまり稼げねぇなぁ」

「とりあえずないよりはマシだろうから、後でギルドの裏手にある廃材置き場から角材でも貰っとけ。運が良ければ板もあるだろ、紐《ひも》で腕に括《くく》り付ければ盾代わりにはなる」

ほほう。それは木工スキル覚えたら色々捗っちゃいそうですなぁ……

って、そんな使える廃材が置いてあるもんなのか？　もしかして冒険者ギルドの貧困冒険者救済措置なのでは？　まさに私も今のとこ貧困冒険者なんだけど。

「えっとぉー、私、魔法使いなんでなんとかなるんじゃないかなって」

「魔法使い？　どんな魔法が使えるんだ？」

「うーん……あ、シュパッと木を切ったりできます。角材なら余裕かなぁ」

「シュパッてぇとエアカッターかな。それならスライムは安全に狩れそうだ。ウサギもいいかもしれんな」

「血をまき散らすとゴブリンとかウルフが出てくる、狩ったら即回収して逃げると良い。逃げるとき血を垂らさないよう気をつけろ。手負いと勘違いされてニオイで追われる」

「あ、ウルフは毛が刃を弾くから気をつけな。足が速いから逃げられないし。腹の方は柔らかいから、とびかかってきたところを潜り込んでナイフでグサッってやるのが一番簡単で……」

「まてシルドン。それは囲まれてたら死ぬやつだ。いいかカリーナちゃん。町の近くにははぐれしか出ないけど、遠くまで行くと集団で出てくるから絶対やめとけ。ぶっ刺したナイフを持ってかれても深追い厳禁な」

うん。

というか、ブレイドさん達マジ親切だわ。一言言うだけでめっちゃアドバイスくれるじゃん……初心者の味方かよぉ。今ならおっぱいのひと揉みくらいは許してあげてもいいレベルだよ。


「まずは装備を整えるんだぞ！　命を預ける相棒だからな！」

「うっす、ためになりますブレイド先輩！」

「だははは！　敬いたまへー！」

「ははーっ、あざーっす！　ざーっす！」

情報源ありがたやありがたや。将来商人になった暁には指名依頼でも出して恩返ししたい所存。その後、ヨイショして褒め称《たた》えたところ先輩は私にもお酒を奢ってくれて、四人で酒盛りになった。

……

…………

「うぐぉ、あったま痛ぇ……！」

木造の部屋。窓から差し込む日差しに目を細める。少し肌寒い朝の風が肩を撫《な》でた。

あー……昨日結局あれからどうなったんだっけ？

確か、営業時間終了とかで冒険者ギルドを叩き出されてから、えーっと……

～・～・～

「ええい、飲み足りねぇ！　おいカリーナ、馴染《なじ》みの店を紹介してやる！　こい！」

「へいブレイド先輩！　お供しやす！」

「えっ、ちょっとまってブレイド！　まさかシュンライ亭じゃないよね!?　おいシルドン、ブレイドを止めるぞ！　って寝てるし！」

「ぐがー……俺が止める……ッ　ふごっ」

「おいシルドン！　せめて離せぇ！　おい！　女の子の行く店じゃないからあそこ！」

〜・〜・〜

うーん、そうして二人を置いてブレイド先輩とシュンライ亭ってところに行って……綺麗なお姉さんと飲みふけって……えーっと……

って、なんでか私裸だ!?　正確には下着とシーツ1枚羽織ってるけど！　道理で寒いわけだよ！　そして隣には同じくパンツ一丁のブレイド先輩！

えっ、あれ!?　ナンデ!?

ま、まさか女の子人生1日目にして、致してしまったのか!?　うぇえええええ!?　って股間が痛い気がする、そんで頭もいてぇえええええーーー！　うぉえっぷ……

「おや、起きたようだねぇ」

「おぐぅ……ん？」

声のした方を見ると、金髪を結い上げて、キセルをぷかぷかふかしているお姉さまがいた。身体のラインがバッチリ出るシックな黒ドレス。デキる女という空気を纏っていてカッコいい。これはもう素敵すぎるお姉さまである！

そして注目すべきはその耳としっぽ。狐だ！　獣人！　うわぁ初めて見た！　異世界っぽいぃぃいい！

やべ、興奮してきた。けど私は一旦、表面上は落ち着いたように取り繕って尋ねる。

「……えーっと、あなたは……」

「シュンライ亭のオーナー。ハルミカヅチさ。その様子だと昨日のどんちゃん騒ぎも覚えてないみたいだねぇ……」

ふーッ、と呆《あき》れたように煙を吐くハルミカヅチ。あらやだ、そんな動作も綺麗で美人だわ。惚《ほ》れそう。チャイナドレスとか絶対似合う。

「って、あの、ひょっとして私、なにかしちゃいました……？」

「そりゃもう。そこのブレイドと纏めてみぐるみ引っぺがして請求するくらいにはね」

あ、裸だったのって身ぐるみ引っぺがされたからなのか。

……ならまだ致してない？　セーフ？　私がいぶかしげな顔でブレイドを見てると、ハルミカヅチがやれやれと言う。

「安心しな。ブレイドはお前さんに触ってないよ。寝てる間は知らないけど」

「あ、そうなんですか？　よかったー」

下着は着けていたのでその辺は無事だろう。ヨシ！

「あ、そうだ。昨日はブレイド先輩の奢りのはずなので私の服だけでも返してください！」

「アンタの服は別の代金になってるよ。ほら、アンタの握ってるアタシの靴下」

「えっ。あー……」

今気が付いたけど、私は右手に黒い靴下を握りしめていた。

どうやら私、酔った勢いでこの狐人のお姉さまに靴下くださいとお願いした模様。神様に捧げる供物にする、お金がないから服と交換で、とかなんとかで。（ちなみに万能身分証は収納空間の中なので無事だ）

「案外いい仕立てだったから、お釣りで古着も用意しておいたよ。サービスさね。あと仮ギルド証も返しとくよ、何の価値もないし」

「……どもっす」

キセルで指したところに古着が畳んであったので、私は早速それを着た……むむ、ちょっとゴワゴワとする。というかなんかめっちゃ擦《こす》れる。うぐ、そしてなんか腰に、いやおまたに異物感。……あれー、貞操は無事だったはずでは？

「ああ、大丈夫かい？　悪いね、初物だと知らずに食っちまって」

「えっ」

クスクスと笑うハルミカヅチさん。

あー、うーん。つまり？

「私の初めてはハルミカヅチさんってことですか!?」

「そうだね。そこはちょっと悪かったと――」

「やったーーーーーーーー!!」

さよならユニコーン！　処女厨は去れ！

こんにちはバイコーン！　今後末永くよろしく!!

こんな美人さんでハジメテ卒業とか最高かよぉ!!

異世界最高ーーーーーーー!!　神様ありがとーーーーーーーーーーー!!

「あ、でも酔っぱらってたせいで全く覚えてない！　やだーーーーー!!!」

「……なんだい昨日のアレは素だったのかい？」

どうやら昨晩もこのテンションでやらかしていたらしい。

「あ、あの、ちなみにどういう感じに……？」

「ん？　あー、そうだねぇ。ウチの店は1階が飲み屋になってて、そこに舞台もあるんだが、その上でアタシとね、……（ゴニョゴニョ）……さらに……」

「なっ……犬のようにぺろぺろと!?　赤ちゃんプレイまで!?」

とんでもねぇな昨日の私！　もうお嫁にいけないっ……元々行く予定ないけど！

「思い出すとアタシもとんでもないことしてたねぇ……ああ、恥ずかし」

でもおかげでこんな綺麗なお姉さまと……くそう、記憶、蘇《よみがえ》れ私の記憶！……ぬ、ぬ、ぬぐぅぅ！　全く思い出せない！　なんと勿体ない、お酒は程々にしないとだな……

と、悶《もだ》えたところで服がざりっと肌を擦る。うーん、着心地。元々着てた服が段違いで良いものだったと実感できてしまうな……

「あっ。そういえば私の服、大事な人から貰った服なんですよ……返せとは言わないんで、ちょっと最後にお別れ言っても良いですかね」

「ん？　それくらいなら構わないよ」

そう言うと、ハルミカヅチが服を持ってきてくれる。神様がこの身体と併せて作ったいわば私の一部だったと言ってもいい服。私は、ぎゅうっと抱え込む。抱きしめる。

「今までありがとう……君のことは忘れないよ！」

身体で隠したところで、はい複製。収納空間内にコピー爆誕。

そんで一応オリジナルと複製を入れ替え。

いやー、良い仕立ての服だもんな。仕方ないな。ゴワゴワした服を着るのは気分が悪いもんなー。後で着替え直しとこっと。服を複製……なんつってな！

え？　売り物の複製は最終手段だって？

これは自分用だからセーフ！　それに私ってばゲームでは入手できるアイテムをコンプしたい主義の人。折角無限に入るゲームの「ふくろ」みたいな収納空間があるんだから、神様作の初期装備なんて「それを売るなんてとんでもない！」だよ。そんでこれは売ろうとしたんじゃなくて身ぐるみ剥《は》がされたのでセーフ。酔っぱらってた私の言ったことは知らん。記憶にございません。ガチで。

……おっと、少しふらっとする。神様の言っていた通り、複製は結構ＭＰを使うみたいだ。

「ありがとうございました。お別れは済ませました」

「ん」

複製した服をハルミカヅチに返す。受け取ったハルミカヅチはキセルから口を離し、横に向かってフゥーッと煙を吐いた。

「……あー、その」

「？　なんでしょう？」

「そこまで大事な服なら、売らずに預かっててもいいけど？」

なんだ優しいな。これが私のハジメテの相手とか神かよ。いや神様に感謝だわ。

「お気遣いなく。実は同じものがいくつかあるんですよ」

次に会った時に同じ服を着てた場合の言い訳も兼ねて、そう答えておいた。

「なんだそうかい。なら遠慮なく売り払わせてもらうよ。ま、アタシが使うのも良さそうだけど」

私の服を……お姉様が……!?　なにそれ実質まぐわってんじゃん！

「あの、ハルミカヅチさん。ま、また来ても良いですか？」

「ウチは客商売だから構わないけど、新人にはちとハードルが高いんじゃないかい？」

うぐう！　確かにCランク冒険者のブレイドが馴染みにするような店だもんなぁ。しかも色々とアレな方面な娯楽のお店でもあるし、高いのも当然か。

……商人になって稼げるようになったら、通えるか？　こりゃますます商人スローライフの夢が広がってしまうな。入り浸りたい。

「けれど、アタシの身体目当てってんなら……昨日は面白く口説かれてつい楽しんじまったけど、次は金とるよ？　女でも」

「いや、その。……ちなみにおいくらで」

「さて、アタシの気分次第かな……金貨１００枚かもしれないねぇ。元々非売品なんだよアタシは」

クスクス笑うハルミカヅチに左手で顎をくすぐられ、びくんっと身体が反応する。

胸の奥がきゅっとすぼまるように切なくなり、ドキドキしている……くぅ、昨日の私はこのお姉様を一体どう言って口説き落としたんだ!?


「うっ、いたたた……ハッ！」

ブレイド先輩が目を覚まし、身体を起こした。

「あ、先輩起きた？」

「お、おう。っつぅ、頭がガンガンして痛ぇ……飲みすぎたぁ」

パンツ一丁である。つーかよく見るとわりと筋肉ついてんな、さすが冒険者で前衛職。

「あれ、なんで俺裸なんだ？　あ、姉御」

「全く、新入りに情けない姿を晒《さら》したねぇブレイド」

「おーぅ……」

こちらを見てバツが悪そうな顔をするブレイド先輩。……お姉様と目と目で会話している。なにそれ仲良しアピール？　ちょっとだけ羨ましいんだからね！

「あー。……ツケで頼めないか？　せめて装備分」

「フン、昨日一旦払ってくれたから良しとしとくよ。また稼いでくるんだね」

慣れてるのか、装備とすっからかんになった財布を纏めてどさっとブレイド先輩の隣に放るハルミカヅチ。

「恩に着る！」

「いいかカリーナ。このように装備は頭を下げてでも確保しないといけないぞ。先輩からの大事な助言だ」

「（情けなさ全開っすけど）了解っす」

「……って、あれ。姉御、俺の剣がないんだけど？」

服を着つつ、返してもらった装備を確認してブレイド先輩が言う。その言葉にハルミカヅチは「そりゃ当然だろ」とキセルをふかしつつ答える。

「この嬢ちゃんの分、いつもより少し多めだったんだよ。手付けで大銅貨5枚分払ったら返してやるさ。適当にスライムでも狩ってきな、得意だろ？」

ついでに嬢ちゃんの面倒も見てやりな。とキセルをふかしつつ笑うハルミカヅチ。しっぽがふわりとしててモフり倒したいですお姉様。

「……この後、資材置き場いくぞ。俺の木工スキルを見せてやる」

「うっす、勉強させてもらうっす」

なんかその、お世話になります？　と、私達はシュンライ亭を後にした。

あ。ちなみに病気とか避妊とかは魔法やポーションでなんとかできるし、実際こういうお店には専用の魔道具があって色々と絶対大丈夫らしい。（基本的知識本より抜粋）

凄いね異世界！

＊＊＊

ブレイド先輩の木工スキルは、素手で木材加工を行える割と便利なスキルだった。

手刀でギコギコすればノコギリに、拳でトントン叩けば金槌《かなづち》に。釘《くぎ》は廃材に刺さっていたものを先輩が指で引っこ抜いて再利用した。尚、木工スキルでは曲がってしまった釘を直すことはできないらしい。それは鍛冶スキルの領分だそうな。

「大工になったらいい稼ぎができそうっすね」

「実際俺んちは代々大工だな。兄貴が継いでるよ」

　曲がった釘をグイッと反対に曲げて直す。木工スキルではなく腕力で。若干歪《ゆが》んではいたが、大した問題はなさそうだ。みるみるうちに、雑なつくりの木の盾が出来上がった。

「見た通りテキトーに板に取っ手つけりゃ簡易的な盾になる。最悪腕にヒモで板を括り付けるだけでも十分だ。ほら、やるよ」

「あざっす」

　一通り作業を見せてもらったが、木工スキル、空間魔法で代用できそうだな。こう、切断はもちろん、くっつけるのも空間を重ねて結合してしまえば釘もいらない。木材に関しては木工スキルと言い張れそうだ。

「にしても、廃材とはいえ勝手に使ってよかったんすか？」

「ああ、問題ない。といっても使いすぎるなよ。これはギルドからの、今の俺たちみたいな金のないやつらのための救済措置でもあるんだ」

「え、そうなんすか」

「こんだけ綺麗な廃材ならフツーに再利用できるだろ。ガラクタ屋で買取価格が付くレベルだぞ。ってか、そうじゃなきゃわざわざ屋根のある廃材置き場なんて作らねぇさ」

冒険者ギルド、案外親切な組合らしい。

「ん？　じゃあ新人でお金もない私ならともかく、先輩が使うのは」

「今回は教導だからいーんだよ！　俺は盾要らねぇし。棒だけで十分だ」

と、握りやすいサイズの角材を手にするブレイド先輩。

「棒に盾がありゃ、スライム程度なら比較的安全に狩れる。ついてこいカリーナ。スライムの森へ行くぞ」

「うっす！」

簡易装備を整えた上で、私とブレイド先輩は町の外へと繰り出した。


町に比較的近いその森は、スライムしか出てこないスライム狩りの穴場らしい。

「ボーッとすんなよカリーナ。このあたりはスライム以外はあんまりでねぇが、スライムが沢山でるエリアだ。3匹以上に囲まれたらダッシュで逃げなきゃ死ぬぞ」

「うっす！　気を付けるっす！」

「良い返事だ。良い冒険者になるぜお前」

ブレイド先輩、そう言って褒めるの口癖なんすかね？

「スライム狩りは廃材装備の方が都合がいい。ある意味新人《ルーキー》には結構割のいい仕事だぜ、危険はあるけどどな」

　スライムを狩った後は装備をしっかり手入れしないとダメになるらしい。使い捨てられる簡易装備であればそのままポイできる。

「スライムの狩り方だが、盾で受けて、へばりついたところを殴って仕留める。これだけだ。簡単だろ？　しいて言えば、コア以外は叩いても効果ないから落ち着いて狙えってとこかな」

「盾がない場合は？」

「避けて叩くか、先にやるかだ。ま、盾がある方が安全だな」

　先輩は先にやる派らしい。

「それと今から俺のすることはあまりマネするなよ。できるに越したことはねぇが、新人は大人しく核を割って倒しとけ」

「え、何するつもりなんすか？」

「それは――っと、丁度出てきたな」

　目の前に出てきた野良スライム。切り株くらいの大きさのぽよんと丸い水まんじゅう。その中に、丸い核が浮いている。

　ブレイドはその核を簡易装備の角材で狙い、突きを繰り出した。

　ずぼっとスライムの体内に侵入する角材――核にぶつかる直前に一瞬速度を落としてコ

ツン、再度加速して突き抜け――無傷の核がスライムの体内から押し出され、転がり落ちた。残された身体の方は少しだけぷるっと震えて、とろっととろけて地面に広がっていった。

「ざっとこんなもんよ」

「おおっ！　先輩やるぅ！」

「へへ、まぁな。ただ、このままでほっとくと核がスライムに戻るから、狩ったらその日のうちに納品しなきゃなんねぇんだ」

割れた核でもスカベンジャースライムとかの素材や栄養剤になるのでそれなりの値段で買ってくれるそうだけど、無傷の核はその分高く買い取ってくれるらしい。

「姉御に金払わなきゃならねぇからな。下手すると木材持ってかれるから、お前はおとなしく叩いて割って倒すといいぜ」

「うっす。……あっ、まてよ？」

……空間魔法ならスポッと抜き出せるな。いや、風魔法と偽装するならむしろ周りのぷよぷよを飛ばす方がいいか。

「ちょっと魔法でやってみていいですか？」

「いいぞ。ま、今日のところは俺がいるから好きにしてみ」

「あざーっす」

と、次に出てきたスライムに早速魔法を使ってみる。

空間魔法でスライムの核以外を捕捉。変形、スライドして風魔法で吹っ飛んだかのようにバラす！

「バースト！」

ぱちゅん！　と、核だけを残して粘体部分が爆発四散。ころんと核だけが無傷で転がった。成功だ。

「お、いけますねー」

「……やるじゃん。角材いらなかったな。これならギルド証分はすぐ稼げそうだな」

「先輩が周囲を警戒してくれてるから安心して魔法が使えるんすよ」

「おっ、それが分かるとは良いセンスしてるじゃねぇか。やっぱお前、良い冒険者になるぜ」

こうして、私たちは無事にそれぞれ5個のスライム核（無傷）を手に入れたのである。

その後無事冒険者ギルドまで戻った。カウンターにて核をごろんと転がし、納品する。

「おうソフィ。納品頼むわ。こっちの5個はこいつが狩った分だ」

「ブレイドさんが取ったのをカリーナさんにあげたわけじゃないんですね？」

「ああ。マジ凄かったよ。魔法使いって凄いんだなぁ、ばびゅんってなってたぞ」

「なるほど。なら問題ないですね」

尚、私が自力で無傷のスライム核を狩ってこれることもブレイド先輩が証言してくれた。ありがとう先輩。語彙すくねぇけど。受付嬢さんもそんな少ない語彙でも納得する程度にはブレイド先輩のことを信頼している模様。

そして無傷のスライム核は高く買い取ってもらえたため、私の取り分5個で大銅貨8枚になった。そのまま冒険者ギルドの登録料を支払っておく。

「ではこちら、カリーナさんの冒険者ギルド証です。Fランクになります」


ねんがんの冒険者ギルド証をてにいれたぞ！


たしかFランクは見習い。それでもちゃんとした身分証である！　これでもう神様の催眠身分証を使わないで済むよ……！

「んじゃ俺は姉御に金払ってくらぁ。またなカリーナ」

「うっす、色々お世話になりましたっす！　またよろしくっす！」

「だはは、なら今度はお前が一杯奢ってくれよ」

私は格好つけて去るブレイド先輩にスッと頭を下げた。いやー、マジお世話になったわ。木工スキルについても教えてもらったし。

特にハルミカヅチお姉さまとの出会い。絶対、今度は自分の稼いだお金で会いに行くんだ！　そしてあわよくば一晩！

「ブレイドさんは酔っぱらってなければただの良い人なんですよね……」

「まぁそこそこ酔っぱらってても良い人でしたよ？」

「シュンライ亭へ連れてかれたらしいじゃないですか。大丈夫でしたか？」

大丈夫かどうかで言われると、貞操を失ったので無事じゃなかったけど。逆に考えるんだ。むしろ失うものはなくなったと……！

「控えめに言って、そこに最高の出会いがありました」

「……カリーナさん、もしかして女性もいけるクチ？」

「むしろ女性しかいけないかもしれません」

なにせ中身は男なので。

「そ、そうですか」

受付嬢さんは少し引いていた。大丈夫、合意がなければしませんから！

「あ。そういえば早速依頼を受けたいんですが」

「はい、スライム核を追加ですか？」

「丸太を伐《き》ってくる依頼ってありますよね？　それをやりたいなって」

「……大変な力仕事ですよ？　魔物に襲われる危険もありますし。ギルド員の同行もできませんし、おススメはできませんが……」

実は昨日のうちにクエストボードを見て、目星をつけていたのだ。


【依頼】丸太採取。　報酬：丸太1本につき銀貨1枚

通常はチームで行くなり、ギルド職員が魔法のカバン（丸太が入るレベルの高価なやつ）を持って同行するなりで複数人でこなす依頼だ。木を伐りながら周囲も警戒し、魔物が出たら倒す必要がある。その上、もし血をまき散らしてしまったら他の魔物が寄ってくるため危険度は跳ね上がる……そうして得た報酬も、人数割りなので一人当たりの額が安くなる。

正直に言って「木こり」と呼ばれる専門集団でもなきゃやってられない依頼だ。と、ブレイド先輩も言っていた。

私も空間魔法がなきゃやろうとは思わないわ。


「というわけで、おススメはこれっぽっちもできないんですが」

「そこは魔法も使うので。襲われたらついでに討伐証明部位でもとってきますよ」

「うーん、魔法ですか……まぁ一度は止めましたよ？　自己責任ですからね？」

念を押してくる受付嬢さん。新人がソロでやるにはどう考えても厳しい仕事。

だからこそ、もしソロでできるなら美味《おい》しい話なのだ。


……まぁ、普通に考えたらスライムの核を納品する方が楽だよな。間違いなく。持ち運びも楽だし。でも、無傷のスライム核は1日に買い取りできる個数も決まってる。処理しきれないから。

スライムの核と違って丸太は基本的に需要があって値崩れしないのがいい。

「一応受理しときますけど、無理だと思ったらすぐ帰ってきてくださいね」

「はーい。ありがとう」

こうして丸太採取の依頼を受けることに成功した。

丸太採取の依頼を受けた私は、ギルドで指定された地区へとやってきた。ここなら丸太を伐《と》り放題だからいっぱい伐っちゃうゾ☆
「注意点として、管理された植林地では取らないこと、か。まぁ当然だよね」
植林地は比較的安全に木材を取る為の工夫がされており、そこで伐採したら窃盗扱いで犯罪らしい。そういうのもちゃんとあるんだねぇ。

「空間魔法についてバラすなら山を丸裸にする勢いで伐採してもいいんだけど……いやそれはそれでダメか。伐り放題も、あくまで個人で伐るレベルならってことだろうし」

1本伐ったらそれを複製するってのもアリか。全く同じ木を納品することになるから複製がバレるだろうけど……1本ずつコピーしておいて、別の町で納品ならバレないかなぁ。木の種類でバレたりするかもしれないか……？　まぁ今はおいとこう。

「空間魔法なのは基本的に隠す方向でいくとして……丸太を風魔法で浮かして引っ張っていますよ風にいくかな」

両手に1本ずつとして、一度に2本運ぶくらいには留まるだろうけど。2週間毎日1回運べば目標金額だ。宿代とかを考えるともうちょいかかるかな？

「よし、方針決定。じゃ、やりますかねっと」

早速手近な木2本を伐り、枝を落とし、丸太にする。で、丸太を空間魔法で持ち上げ両脇に抱えるようにして運ぶ。あとは徒歩でソラシドーレの町まで帰るだけの簡単なお散歩クエストだ。探す必要がない分、薬草採取より簡単だぜ。……実は浮かせた丸太に私が運ばれている状態なのはここだけの話。


あと道中、ゴブリンが襲い掛かってきたので丸太でぶん殴って生命活動的に黙らせたりもしつつ、無事に町へと帰還した。丸太置き場へ納品し、納品証を貰って冒険者ギルドへ。

「……というわけで、丸太2本納品です！」

「魔法って凄い……あ、ゴブリン2匹分の討伐証明部位も確認できました。こちらの報酬も入って……銀貨2枚、大銅貨1枚ですね」

「ひゃっほう！　討伐ボーナスついた！」

宿代分かかるかもと思ったけど、道中襲われたら討伐分のお金も貰える。美味すぎるぞこの依頼！　明日もやろう！

「そういえば、おススメの宿ってあります？　まだ宿をとってなくて」

「え？……ああ、そういえば昨日はブレイドさんと飲み明かしたんでしたか。えーっと、女性向けでおススメの宿となると……一泊大銅貨5枚の『白木の魔女亭』ってところがありますね。食事代別ですが、個室でセキュリティがしっかりしてますよ」

む、食事代別で大銅貨5枚となｰ。

「……大銅貨5枚、結構かかるねぇ」

「今日くらい稼げるならアリかと。安全には変えられませんし」

「町中もしくは町のすぐ外くらいで野宿できる場所とかある？」

「うーん、スラム地区になりますね……野宿であればタダですけど、カリーナさんみたいな美人が行ったら格好の獲物ですし、止めておいた方がいいでしょう」

スラム。そういうのもあるのか。あまり近づかない方が良さそうだ。

「冒険者向けの雑魚寝宿もありますが……やはりカリーナさんくらい美人だと襲われかねません。個室をおススメします」

「うーん。ここで私の美しさが裏目に出てしまったか。私の美しさが皆を狂わせてしまうとか、なんという魔性の女……というか私昨日風呂入ってないんだけど大丈夫かな」

「共同浴場に行かなくても【洗浄】くらいは使ってくださいね。魔法使いなんですし、魔力も豊富なのでは？」

そういう生活魔法もありましたね。風呂代わりにもなるのか、便利ー。

「ん？　まてよ……安全が確保できて安心して休める場所なら宿として十分なわけか」

「冒険者ギルド内に寝泊りするのはダメですよ」

「その発想は逆になかった。いや、魔法で何とかできそうだなって」

そう。場所といえば空間。つまり空間魔法の範疇《はんちゅう》なのだ。

そして私の収納空間だ。自分の作った空間の中に自分が入り、一時的に出入口を閉じたりだってできる。さすが神様の空間魔法、融通が利く幅が広すぎるぜ。


そうと決まれば寝具とか内装の買い物だな！


「よし。じゃあ今日の報酬で色々買い揃《そろ》えるとしよう。なんかこう、寝具とか雑貨を買える場所教えて」

「一体何をする気ですか？」

「秘密ー。ま、犯罪とかじゃないし誰にも迷惑かけないよ」

こうして私は報酬と合わせて買い物できるお店を教えてもらった。自分の拠点《おうち》を作るのよ！

＊　＊　＊

私カリーナちゃん。今お買い物してるの！　予算は銀貨２枚、一体どんな素敵な物が買えるのかしら！　というわけでまずは中古の背負いカバン、革製のリュックサックを購入。

お値段銀貨１枚。

……早速予算の半分が消えたんだが？

空間魔法でモノを出し入れするための偽装用だったんだけど、この世界のカバンは高いのな。いや、そりゃ工場生産品とかじゃないんだから高いのも頷けるんだけどもさ。中古でこれだもんなぁー。

店のおっちゃんも新品だと大銀貨２枚は軽い品だって言ってたしなぁ。長年使い込んでるから柔らかくなってて使いやすいとかセールストークが上手かった。

ま、そのまま行商人になっても大丈夫そうなくらい大きいやつを買ったから元は取れるだろう。このサイズのリュックなら、たとえ人が入っていても不自然ではないはずだ。

「って、よく見たら穴空いてらぁな……」

角が擦り切れて、私の人差し指が通るほどの穴が開いていた。うーん、まぁある程度大きいモノを入れるなら問題なさそうだけどこれは……ここから破けて底が抜けそう？……もしやカバンとしては廃品間近だった？　だからこそ銀貨１枚で買えたんかな。いわばジャンク品で。

でも私の場合はどうせ実際にモノを入れるのは収納空間なわけだし関係ないね！　偽装として膨らませるくらいはするけど。一応、空間魔法で穴の修理だけしておこう。上の方の大丈夫な革を5ｃｍ四方で複製してペタリと上書き貼り付けだ。

テキトーでいいから、腕をくっつけるよりも容易いね。同じカバンの革なので色合いも同じ。目を凝らしてよく見れば境目が分かるかも、というくらいの完璧な修復だ。……複製もハギレ程度ならそれほど負担もないようだし、時間に余裕があったら他の部分の補強して普通に使えるリュックにしてしまおう。


「これは色々と自作するのも検討した方がいいかなぁ」

自分で作れば安上がり、というやつだ。実際日本では作る方がなんやかんやで高くつくこともしばしばあったが、この世界じゃ自分で作れた方が安上がりなのは間違いない。空間魔法もあるし。

うん、そうだよ。椅子とかテーブルなら切ったり貼ったりする空間魔法で簡単に作れるじゃないか。コップも簡単に作れるぞ。くりぬけばいい。

ベッドの土台とかも木で作れるから、あとはベッドの上に載せる布団とか毛布だな。自分用だしある程度複製するのも良しとする！　あ、でも購入した品に限定だな。さすがにタダで商品をコピーするのはダメだ。いずれ私も商人になるんだから、そこはちゃんとしておきたい。

木こりしてたところで私用に木材を取ってこようかな。あ、でも確か生木を乾かすと縮んだり割れたりするからそのまま木材にはできないんだっけ？……まぁ適宜空間魔法で直せばいいだけか。とりあえずやってみればいいだろう。自分用だ。好きにしちゃえ。

なんなら木材も錬金王国に行って伐ってくれれば文句を言う人もいないだろう、なにせ国が滅んでそれどころじゃないわけだし。

「よし、じゃあ残りの予算でどれくらいの布や綿が買えるかチェックしよう！」

それと食料だ。さすがにご飯なしはひもじいからね。

＊　＊　＊

綿は結構高かった。うーん、少し買って複製してしまいたくなる……

一方、狼——ウルフの毛皮をなめした程度のものであれば手頃な価格で購入できることが分かった。1匹分で大銅貨5枚。ただし穴だらけのやつ。……こんなボロボロなのが売り物になるんだろうか？　そもそもなんでこんな穴だらけなんだよ。中古の毛皮なんだろうか？

と、疑問に思ったので商人のお兄さんに聞いてみた。

「ねぇ、これってなんでこんな穴が空いてるの？」

「ああ。見習いの練習品だからさ。あと見習いの練習ではあまり良い状態の革も使わないしな、こっちの穴は狩った時に矢か何かで空いた穴じゃないか。まぁ真っ二つじゃないだけまだマシな方だよ」

なめし作業で引っ張ったりもするので、元が小さな穴もそれなりに大きくなってしまうらしい。

「あー、そういうのもあるんだ。……売れるの？　コレ」

「1匹分の量がちゃんとあるし、それなりだな。ああ、掛けて寝るには穴が開いてるくらいの方が丁度いいだろ？　汗だくになるし」

「なるほど」

ということらしい。状態が綺麗なやつは売ってなかったけど、あったら銀貨数枚分はするとか。

しかし穴だらけでも私にとってはお買い得。穴は空間魔法でチョチョイのチョイッと修復できるからね。

「じゃあ1枚買おうかな、あと干し肉も頂戴。合わせて銀貨1枚分でお願いします」

「まいど。美人さんだし少しオマケしておくよ」

「お、ありがと。兄さんいい男だね、気前のいいやつは好きだよ」

「へへっ、もう少しオマケしとくぜ。またウチで買ってくれよな」

やったね、やっぱり美人ってお得だ。


にしても、この世界では本来穴をふさぐのに必要な糸やハサミ、針なんかもそれなりにお高い。日本では百均で簡単に手に入った代物だけど、こちらでは全部手作りなんだから当然だ。修繕道具を全部揃えようとしたらそれだけで銀貨数枚はかかる。

そういう道具が要らないって点でも、空間魔法って便利だよなぁ。まさに神。


「あ。そういや教会ってどこにあります？」

「ん？　それならあっちだよ。白い壁の建物だから見ればすぐ分かると思う」

「あざっす」

折角だし神様に挨拶でもしておこう、と私は教会に寄っていくことにした。神様への貢物（靴下）も渡したいしね。

商人のお兄さんが言っていた通り白い建物ですぐ分かった。いやはや、何て素敵な場所なんだろうか。

「お嬢さん。教会に御用でしょうか？」

だってこんなにピンク髪で肉付きの良いシスターさんがいるんだもの！　なぁにこれぇ、サキュバスかよ。えぇオイ。青少年の性癖がトチ狂うぞこれは。

メリハリのある柔らかそうな身体に、思わず生唾を飲み込み、ゴクリと喉が鳴った。

「あー、その、お祈りをしていこうかと思いまして」

「まぁ！　大変良い心がけです。こちらへどうぞ」

シスターさんに案内されて礼拝堂に入る。正面にはステンドグラスに木製の祭壇。身分証で貰った5円玉のような、丸い輪がシンボルの様だ。

長椅子が正面を向いて並んでおり、ちらほらと人の姿があった。お祈りは好きな場所で好きにしていいらしい……長椅子で寝てる人もいるな。

「いいんですか、アレ？」

「あれもまたお祈りの形、ムのキョウチですね。イビキが煩《うるさ》かったら止めますが」

「なるほどね？」

あれがお祈りになるなら私も敬虔《けいけん》な信徒になれそうだな。そう思いつつ、なんとなく一番前の椅子に座る。

えーっと、どうやって神様に貢物を渡せばいいんだろう？　とりあえず収納空間からハルミカヅチお姉様の靴下を取り出してみる。

すると、一瞬で空間が塗り替わる感覚。

気付けば夜の空のような星が輝く空間。見えない椅子に私は座っていた。前に神様と会った白い空間とは違うようだが、目の前には金髪金目の少女、神様だ。

「やぁやぁ、ようこそカリーナちゃん！　まってましたよ、さぁ靴下をください！」

「アッハイ」

早速の催促に持っていた靴下を手渡すと、神様は「ひゃっほう！」と楽しそうに靴下を掲げ、それからそっと匂いを嗅《か》いだ。

「うーん、このほんのりと香るお香の匂い。夜のお姉さまって感じがしてベリーグッドです。味はあとでゆっくり楽しむとしましょう」

神様は靴下を収納空間に大事そうに仕舞った。見た目にそぐわない変態的レビューと今

後の予定を聞いた気がするが、多分気のせいだろう。気のせいだと思いたい。

「……ところで、何故に靴下なんですか?」

「靴下というのは、その人の全てを支える足に最も近い存在です。だから、靴下にはその人の情報が、人生の一部が詰め込まれているんです。神様は情報を食べる生態なので、貢物としてとても適しているんですよ!」

意外とまともな理由だった。

……いやまともだったらさっきのレビューはないな。なんとも後付けっぽい。

「履いてるのが恥ずかしくなるくらい長く履いたりムレたりした脱ぎたて靴下ほど良い貢物ですね! 今後もそういうのを期待しますよ!」

あ、これやっぱ趣味百パーセントだわ。神様ってば変態……

「何か?」

「イエナンデモ」

にっこり微笑《ほほえ》む神様。変態性がなければとっても可愛い女の子にしか見えないけど、案外この変態性が神様の神様たる所以《ゆえん》なのかもしれない。

「ああ、そうですね。現状カリーナちゃんの収納空間には時間操作を付与してませんでしたね。これでは脱ぎたて靴下を保管しても冷めてしまいますし、収納空間内限定で1倍から0倍までの時間遅延設定ができるようにしてあげます。特別ですよ？」

「ワー、ウレシイナー」

なんかしょうもない理由で空間魔法がパワーアップされたぞオイ。

0倍、ってことは時間を止められるってことだよね。ん？　でも確か時間魔法は禁術って言ってませんでしたっけ？……バレないようにしなきゃな。

「やっぱり新鮮なモノを食べたいですからね。海鮮とか入れてても腐りませんよ？　時間を止めて保存しておいたのをコピーすればいつでも新鮮な魚が食べ放題！」

「あ、それは地味に嬉《うれ》しいかも」

「でっしょー？　あと魔法とかを収納して保存、他で使うって使い方もできますよ。魔法の筒・改《ネオ・マジックシリンダー》！」

……神様、もしかしてとんでもないパワーアップしちゃいました？

「この力ってホントに使っていい代物なんですかね……」

「この程度なら大丈夫ですよ、別に文明なんて滅んでも作り直せますし」

国を作った自称混沌神を一方的にフルボッコできるほどの力だけど、神様にとっては

「この程度」なんだなぁ。ハハハ。

「一応補足しておきますと。空間魔法の複製にある程度の制限を設けようという考え、とても好ましいです。その心意気を賞賛してのパワーアップなのです……ということでよろしくお願いします」

「最後の一言がなければ素直に頷けたんですけど。……手続き上、ですか？」

「素直に本音でもありますよ」

む、そうなのか。なら喜んで――

「って、私が空間魔法の使用に制限かけようとしたの、どうして知ってるんです？」

「ギルドやお店、あと門なんかにもですが、ちょいちょい私を祀《まつ》る祭壇がありますから。カミダナっていって天井の方に付けるやつが。そういうのがあると心の声が届きやすくなるんですよ」

あと私自身が使徒なので注目しやすいらしい。ハジメテの時もシュンライ亭にある簡易祭壇――神棚からバッチリ見てたそうな。きゃぁー。

「なんかその……ごめんなさい。いただいた身体で……」

「大丈夫です。そういう欲求強めに作った身体なんで、酔ってタガが外れちゃったのなら当然ですよ。むしろ良いぞもっとやれって気持ちでいっぱいです」

「あの、神様？」

「だってその方が面白……いろんな靴下を入手できる可能性が増え……趣味です。これからもよろしくお願いします。靴下欲もちゃんと機能してるようで、さすが私の身体をモデルにしただけのことはありますね」

「あの？　神様？」

「我が使徒よ、神はいつでもあなたを見守ってますよ……！」

取り繕うのが面倒になったようだ。この神様自由《ヘンタイ》過ぎる。

そして靴下欲ておま。まさか本能にそれ組み込んだの？　ひでぇや……

「けれど、私の目から逃れてコソコソしたい時もありますよね？　反逆の準備とか」

「……そういう予定は一切ないですが、プライバシーは欲しいと今強く思いました」

「そんなあなたにこちら！　コッショリ君！」

ばーん！　と手のひらサイズの台座付き卵のような像を見せてくる神様。

「こちらを部屋に置けば、その部屋の中は如何《いか》なる神でも見逃すことでしょう！　開けた場所では有効射程は半径10ｍくらいです！」

「おお！」

「まぁ私レベルの神ともなれば本気で覗こうと思えば覗けなくはないですが、緊急事態を除き普段はカリーナちゃんが中で死んでも絶対覗かないことを時空神の名において約束しましょう」

「……私が死んでも、って。逆にどんな緊急事態だったら覗くんです？」

「10年くらい音沙汰ないとか、私の恋人が遊びに行った場合とかですね。ないと思いますけど」

この神様、恋人関係はガチで触れない方が良さそうだな。

「というわけでこちらのコッショリ君。今なら100SPでのお届けとなります」

「え、100SP？……スキルポイントか何かの略ですか？」

「いえ？　もちろんソックスポイントですが？」

そんなさも当然って顔で言われても初耳だよそんなポイント。

「私に靴下を納品したら、その質に応じてSPを与えます。そのSPと引き換えに私がご褒美をあげちゃいますよ！　拍手ー！」

「わー、すごーい？」

「スキルポイントっていうか、技能習得の使い捨てスクロールとかもアリですよ」

「詳しく」

聞き捨てならんぞ？

「フフフ、食いつきましたね！　ではカタログをどうぞ。私の手作りなので大事にしてくださいね！」

「ありがとうございます！」

ぽふんっと冊子が渡される。フルカラーの薄い本のようだ。

開いてザッと中を見れば、攻撃魔法スキル習得スクロールとか、武技スキル習得スクロールとか、色々な商品と交換に必要なＳＰ、紹介文が書かれていた。

これは後でじっくり読むとしよう――と、本を閉じたところで、裏表紙の下に『有効期限1年』と書かれているのが目に入った。

「あの神様。有効期限って」

「ええ、このカタログは初回限定でプレゼントしますが、次のカタログはＳＰで購入してくださいね！」

神様に促されてカタログの最後のページを開くと、そこには『カタログ：２００ＳＰ』という内容がカタログのイラストと共に載っていた。

２００ＳＰ……高いのか安いのか分からん……！

「あの。ちなみにハルミカヅチお姉様の靴下、SPにするとどのくらいで?」

「ハルミカヅチちゃんのは60SPくらいですね。時間経過やカリーナちゃんが一晩握りしめててニオイが移っちゃったのも加味してます。それがなければ80SPくらいかな。あ、百点満点、満点で100SPですよ」

「なるほど」

つまり、1年以内に最低でもあと2つは靴下を納品しなければカタログを使う権利を失ってしまうし、更にアイテムが欲しければもっと靴下を納品しろということ。コッショリ君も2、3足は靴下を納品しなければならないだろう。……どうあがいても靴下を納品させたい神様の思考が透けて見えるな???


そうだ、この世界って奴隷とかもいるのかな?　女の子の奴隷を買って靴下を履かせて無限SP生産……アリだな!

「ちなみにSPの査定は私の気分です。同じ人の靴下をいっぱいとか連続とかだとどうしても査定額は下がりますのであらかじめご了承ください。いくら最高なものでも、毎日ステーキってのは飽きるでしょ?　そんな感じ」

「……ですよねー」

「忘れた頃にたまに、ってくらいなら大歓迎ですよ!」

んー、たまにならアリなのか。そう考えるとやっぱり奴隷ってのも悪くない手だ。検討しておこう……って、すっかり靴下納品する気になってるな。おのれ神様、商売上手！

「……あ。私の靴下じゃダメですか？　一応美人ですよ？」

「ダメです。絵を描く人に『自分で描いた絵じゃなんかダメ』って人いるでしょ？　そういう感じで、なんかダメなんですよねぇ」

なので空間魔法で複製した靴下を納品するのもダメ。含まれる魔力が私のものになってしまい、神様的に萎えるんだとか。

「今回は運よく入手できましたけど、美女の靴下とかそうそう手に入らないですよ。男の靴下とかじゃダメなんですか？」

「入手困難だから対価になるっていうのもありますが……男や老人子供の靴下でもいいんですけど、圧倒的に羞恥心が足りないんですよ」

「羞恥心ですか」

「ええ、羞恥心こそ最高のスパイスです。羞恥心が伴わない靴下は圧倒的に価値が低い。そして美女ほど使用済み靴下を明け渡すのが恥ずかしいんですよ！　ハルミカヅチちゃんも相当恥ずかしかった模様！　良き！」

と、力説する神様。

あと「洗濯済みだとほぼ無価値ですよ、そこんとこ注意してくださいね」と補足される。

……価値の低い靴下を納品したら神様は不機嫌になるそうだ。恐ろしや。

「……じゃあ、さしあたりあのサキュバスみたいなシスターさんの靴下を狙って」

「あのサキュバスちゃんは私の『作品』の一人です。転生者ではないですが、いわゆる神の使い、天使ですね。種族はサキュバスですけど」

「本当にサキュバスだったのかよあのシスターさん。道理でエロいわけだ」

「でしょ？　自信作ですよ」

なので天使も神様の手足に相当するわけで、私同様『なんかダメ』判定か。ていうか、天使がサキュバスってやっぱこの神様アカン方の神様なのでは？

「教会を監視するため、そこそこ大きな町の教会には一人くらい天使がいます。ついでに信者とかの靴下を提供してくれる、カリーナちゃんの同業者達でもありますよ。仲良くしてくださいね」

「同業者て」

商人を目指してはいるものの、中古靴下業者になった覚えはないんだけどなぁ。仲良くするのはやぶさかではないけれど。

「……天使のと気付かずに靴下を納品しても怒らないでくださいよ？」

「私の眷属《けんぞく》同士なら目を見たら分かるようにしておくので、事前チェックをよろしくお願いします」

「あ、はい」

そんなシステムが。わー便利？


「さて、ではそろそろハルミカヅチちゃんの靴下を味わいたいですしお開きに――」

「あの神様？　神器とか世界の危機とか言ってましたよね？」

「――おっと忘れるところでした。てへぺろ」

世界の危機とかいう大変なことを忘れないで欲しい。

「ホント別にあったらラッキー程度の話でいいんですけどね。改めて言うとこの世界には神器というアイテムがありましてね」


神器。神に至る足がかりとなるアイテム。あるいは、神の如き力や奇跡を発現するアイテム。その形は様々で、例えば聖杯、聖剣、聖鎧といったいかにもな形で祀られている物もあれば、布団やまくらといった日用品の形をしているものもある。岩や木のように自然物に紛れている場合もある。

その効果は環境を変えるほど強大なもの。

大地を豊かにしたり、大量の水で砂漠にオアシスを作り出したり、シリーズのアイテムを7つ集めれば神になれたり、絶対的な防御力を城壁に付与したり、数万の敵を一撃で消し去ったりすることができるという。


「ちょっと前に気前よくバラ撒《ま》きすぎたのもあって、現状世界のエネルギーが赤字でして。放置してると10年で使い果たしちゃうペースです」

「それで世界が滅びちゃうってことですか？」

「ま、私が管理してる他の世界からエネルギー引っ張ってきてるんで、私が見捨てない限りは滅びませんけど」

「なんだ、それならよかった……んですかね？」

「でもやはり赤字経営ってのはいただけないわけです」

現状は、子会社の赤字をグループ内の黒字を使って相殺しているような状況だ。それは確かに健全な状態とは言い難い。

「あんまり赤字が多いと私も見捨てたくなるかもしれませんし。でも靴下が採れるなら話は別ですよ？　ね？」

うーん、この神様どこまでも自分本位。神様らしいっちゃらしいんだけど。

「チュートリアルの時みたく神様が本気で回収したら一瞬じゃないですか？」

「え？　いやですよめんどくさい」

あ、はい。じゃあ仕方ないですね……

「特別に、神器を回収したら1つにつき500SPあげますから頑張ってください」

神器1つでハルミカヅチお姉様の靴下8足分ほどである。世界の運命を左右する神様級アイテムなのに、値段設定間違ってないですかね？

「ハルミカヅチちゃんの靴下にはそれだけの価値があるんですよ!!」

「値段設定バグってるのは靴下の方だったかぁ」

神様の査定なら仕方ない。

SPを稼ぐには靴下の方が効率が良さそうだ。しかし、神器を回収しないわけにもいかない。神様が気まぐれで世界を見捨てたら、たったの10年で世界が滅びてしまうのだから。

「分かりました。平和利用してるようなやつを除いて、できるだけ回収してみます」

砂漠でオアシスを作る、みたいな使い方してたら、回収して大量に人が死ぬとかで後味悪そうだからね。

「別に神器なんて気にしなくていいですよ。それより靴下を一杯手に入れられるような生活基盤を整えてください。美女とのコネを作るのです！」

「えぇ……」

世界よりも靴下。この神様ブレないなぁ。

「ではでは、またの訪問をおまちしておりますね、あでゅーノシ」

「え、あ、はい。あでゅー？」

だからノシって。神様、この世界日本語じゃないっぽいんですけど？　異世界知識豊富なんですね神様。

＊　＊　＊

神様からクエスト『美女の靴下（羞恥心付き）を入手しろ』を受けた。……あの神様ってばとんでもないヘンタイですことよ？　口が裂けても言えないけど。

あと私の身体に靴下欲とかいうある意味やべぇ爆弾が仕込まれていたっぽいので、早めに靴下を100SP分納品してプライベート空間を確保したい所存。なんでこんな変態的なことに頭を悩ませなければならないのか……そうか、これが力の代償……？　やはりなんの代償もない力なんてなかったんや……

「あの、大丈夫ですか？」

「はっ、あ、大丈夫ですシスターさん」

気が付けば私は教会の礼拝堂、一番前の長椅子に戻っていた。手からはハルミカヅチお姉様の靴下が消えており、収納空間の時間の流れも緩やかにできる感覚がある。それが間違いなく神様と会っていた証拠となっていた。

「良ければ休憩室で横になって休まれて行かれてはいかがで——む、同業者でしたか。残念。世界に安寧あれ」

「はい？　ああ、はい」

私の目を覗き込んで、スッと態度を変えて離れていくサキュバスなシスターさん。どうやら私に優しく近づいたのは私の靴下を狙ってのことだったらしい。なるほど、私ってば美人だものな。

……私もシスターさんのピンク色の瞳をしっかり見た瞬間に『あっ、同類だ』と感じることができた。うーん、ちょっと不思議な感覚。


ともあれ、今回の神様への用事は済んだ。私は教会を出て——あー、夕日が綺麗だぁ——そしてやっぱり教会に引き返した。先ほどのシスターさんに声を掛ける。

「すみませんシスターさん。実はお金なくって……毛布とか借りられます？」

「んー、そういうのって本来は寄付金を貰いたいんですが……ま、休憩室を一晩貸すくらいしてあげますよ。けど、晩ご飯は出せませんからね？」

「おおっ！　ありがとうございます！」

拠点付きの同志とかすっごい頼りになるよね！　助け合いって大事だわぁ。そのうちいっぱいお金稼いだら教会に沢山寄付するとしよう。

……

………

で、一晩あけて、一人寝の朝チュン。

折角貸してもらったので（まだ収納空間の部屋もできてないし）休憩室で休ませてもらった私は、暖かな毛布に身を包んだまま目を覚ます。

「あぅー……起きるかぁ」

毛布から出る。うー、この毛布コピーしちゃおうかなぁ。自分用へのコピーだし売り物じゃないからセーフ？　借りてるだけで自分の持ち物じゃないからアウト？　んん……セーフで！　温かい毛布には勝てなかったよ……！

というわけで収納空間に毛布が1枚追加されました。あ、やべ、ふらっと来た。毛布、結構大きいもんなぁ。今までコピーした中では最大サイズだぜ。

オリジナルの毛布を抱えて少し座って休んでいると、くぅ、とお腹が鳴った。昨日の晩は干し肉を齧ってみたけど、塩辛いうえに硬くて上手く食べられなかったのだ。前世のジャーキーがどれだけ研究されていたかが骨身にしみたわ……

尚、基本的知識本を見たら食べ方が載っていたのは食後に気が付いた。ナイフとかで削ってスープに入れて食べるべき物だったらしい。もっと早く確認すべきだったわ……ぐすん。

コンコン、と部屋の扉がノックされた。

「起きてますかー？」

「はーい」

シスターさんだ。私は毛布を軽く畳んで扉を開けた。扉を開けると、シスターさんはトレーを持っていて、そこには小さなパンと野菜スープが載っていた。ごくり、と喉が鳴る。

「どうぞ、朝ごはんですよ」

「えっ、ご飯は出ないんじゃ？」

「そりゃ、昨日の晩はもうご飯の用意できてましたからね。朝ごはんくらいは出しますよ。お仲間でしょう？」

くそう、天使かよ。天使だったわ。サキュバスだけど。

……よく考えたら宗教ってこういう相互扶助だよなぁ。日本では無宗教（と言いつつ仏教）だったけど、同じ神様を信仰するってだけで仲間判定してくれて助けてくれる組織って凄いありがたい。そら信仰もしちゃうわ。

「……そのうちお金稼いだら、一杯寄付するね！」

「期待しないでまってますね、御同輩」

「そこは期待してもいいですよ？　神様から色々授かってるんで」

「あら。なら期待できますね。出世払いで大金貨くらい寄付してくださいい」

「お？　言ったな？　しちゃうぞ？　将来だけど」

「まぁ今はお金がないんでしょう。教会からの施しをどうぞ」

パチンッ、とウィンクするシスターさん。やっべ惚れそう。……って、こういう惚れっぽい感じも、私の身体に仕込まれた罠《わな》だったり？　ああ、でもこの可愛い女の子を前にしての多幸感は耐えがたい！　好き！　そのムチムチボディに抱きしめられて圧迫されたい！　サキュバスな悪魔な尻尾とかあるんですかねぇ!?

「……ちょっと。私に発情しないでくださいよ？　そういうの分かるんですからね」

「うぐぅっ！」

サキュバス恐るべし……！

朝ごはんは美味しいと言い切れるほど美味しくはなかったものの、シスターさんの優しさがとっても嬉しかったので実質御馳走でした。ありがたや。

「そういえばシスターさんの名前ってなんです？」

「ん？　シエスタですが。よくある名前ですよ」

なるほど、シエスタ、シスタ、シスター。よく似てるな、覚えやすい。シエスタさんの厚意に応えるためにも、今日も木こりを頑張ろう！

そんな意気込みを持って今日も冒険者ギルドへやってきた。

そして、受付のところで声をかけられる。

「おい、カリーナ。お前一人で木こり依頼受けたんだって？」

「あ、ブレイド先輩。そっすよ、それがなにか？」

「いや俺たちも丁度木こりをしようと思ってな。手伝ってやろう。一人じゃ大変だろ？」

ニカッと歯を見せて笑うブレイド先輩。シルドン先輩とセッコー先輩もいる。

……一歩間違えれば私にたかる寄生目当てな発言だが、ブレイド先輩は私が楽々クリアしたことを知らないんだろうか。知らないんだろうな。今日は酔っぱらってないから単に面倒見いいモードに違いないし。

けど悪いな、この依頼は一人用なんだ。(私に限る)

「あー、いやぁ先輩。私は一人で――」

断ろうとしてふと、この三人が手伝ってくれればその分一度に多くの丸太を運べるんじゃないかと思い至る。というわけでやっぱり手伝ってもらおう。そうしよう。思い立ったがゴーサインである。

「私が7、先輩達が3なら良いっすよ！」

「おいおい、そこはせめて逆だろ。先輩として色々コツを教えてやるって。うまくやれば、木こりも実入りの良い仕事なんだぜ」

「そっすね、昨日はあの後で銀貨2枚稼げましたし」

「…………ん？　ちょっとまて。え？　成功したの？　ソロで？　しかも2枚って……2本!?」

「ええ。こう、丸太を2本、左右に抱えて町まで帰ってきましたよ。ね、受付嬢さん」

私が話を振ると、カウンターの向こうでコクコクと頷く受付嬢さん。

驚く三人。

「言ってくれよ！　そんなの俺ら大恥じゃん!!」

「依頼の成否とかは個人情報ですし、ギルドとしては軽々しく吹聴《ふいちょう》できませんからね？」

「あー、うむ、個人情報だものな……。これは仕方ないなブレイド」

「さっき凄いドヤ顔決めてたよなー、ウケる」

「シルドン……セッコー……いや、だけどさぁ……」

どうやら先輩たち、私がスライム核の納品をした後、『木こりの依頼を受理した新人がいる』という情報だけ得たらしい。納品は冒険者ギルドじゃなくて丸太置き場へ直接運んだから、依頼成功したとこの目撃者はいなかったんだなぁ。


「しっかし、そうなると、確かに話が変わってくるな。俺達の手助けが要らないってことだし……なぁ、マジでどうやったの？　聞いていい？」

「簡単に言えば、魔法でちょいちょいっと」

「あぁ魔法かぁ。魔法ってすげぇんだなー」

それで納得しちゃうんだ。ブレイド先輩純粋すぎじゃね？

「というわけで、私一人でも簡単にこなせるんで、先輩達が手伝ってくれるなら7：3くらいかなって」

「いや、俺ら要る？」

「これで『みんな！　丸太は持ったか!?』って言えるんで要るってことにしときます」

「なにそれ。まぁいいよ、今日はお前を手伝うつもりで予定空けてたしな」

マジかよ。先輩めっちゃいい人だな。

「嘘つけ。シュンライ亭のおかみさんに支払い催促されてるだけだろ」

「姐さん怒ると怖いからなぁ。尻尾がぶわーってなって」

「い、言うなよ。締まらねぇだろ!?」

あぁ、ハルミカヅチお姉様かぁ。じゃあ仕方ないね。巡り巡ってお姉様の利益になるっていうなら、私も全くやぶさかじゃないよ!

＊＊＊

先輩たちは結局私の木こりを手伝ってくれることになった。私の提案通り7：3の取り分である。

早速森に向かおうとするが――

「あれ、荷車は使わねぇのか?」

「荷車なんて持ってませんよ?」

「バカか、借りりゃいい――って、そうか。Fだし誰の紹介もなしじゃ借りれねぇか。俺らなら借りれるぜ」

おお、それはありがたい。両腕に1本ずつ抱えて2本、じゃ四人で8本だもんな。

「荷車がありゃ6本は運べるからな！」

「やっぱいらなくないですか？」

「え、そうか？」

「いやまて。一人それぞれ6本運べるならあった方が良いな……」

「んん!?　ちょっとまて、何本伐る気だ!?」

そりゃまぁ、伐れるだけ？

「荷車1つ借りるのに1日大銅貨1枚だ。4台も借りて大丈夫か？」

「余裕っすよ！」

「マジかよ。すげーな魔法って」

「いやいやブレイド。さすがにそれを丸呑《まるの》みで信じるわけにはいかないぞ」

「というか、ブレイドのカリーナちゃんへの信頼が厚すぎない？　何かあったの？」

「ああ！　カリーナとはシュンライ亭で少しな！　あの夜の舞台は忘れられねぇぜ……」

おい見てたのか。私本人はハルミカヅチさんから聞いた分しか知らないすげぇ恥ずかしい行為を……！

「こいつは信用できる女だ！　俺が保証する！」

「……ねぇカリーナちゃん。ホントなにしたの？　ブレイドの愛人にでもなった？」

「セッコー先輩。それは絶対ないっすけど秘密っす」

私も思い出したいような思い出したくないような恥ずかしい過去だからな……！

ともかくブレイド先輩の紹介で荷車を４台借りて、私たちは森までやってきた。

「じゃ、私が切りますんで」

「おう！　周囲の警戒は任せろ！」

「たーおれーるぞー」

「って早ぇよ!?」

だって空間魔法で一瞬なんだもん。そして地面に倒れる寸前に空間を固定。ピタッと完全に止めて、静かに降ろす。

「は、発動の瞬間も見えなかった……！」

「風魔法のちょっとした応用ですよ、セッコー先輩」

「風魔法ってこんなだっけ……？」

「な？　カリーナすげーだろ」

「ブレイドは何で自慢げなんだ……いや、荷台が無駄にならなそうで何よりかな」

まぁ一人６本だし、あと23本サクサク伐っちゃいますねー。

「ならせめて枝打ちは任せろ。切り離された木ならブレイドの木工スキルが――」

「あ。忘れてました。えいっ！」

「一瞬かよぉ!?　とんでもねぇなカリーナちゃん！　じゃあ積み込みこそは――」

「あ。魔法で軽くしときますねー」

「嘘ぉん……」

伐るだけじゃなく枝打ちも空間魔法で一瞬！　中身をくりぬいて収納空間に置いておくことでごっそり軽量化！（あとでバレないように戻しとくからね！）

フハハハハ、これぞ空間魔法の神髄よ！

「こりゃ、確かにカリーナちゃん一人で十分だわ……俺ら要る？」

「手続き上よりは要ります」

「なんだそりゃ」

「荷運びよろ！　丸太は持ったか!?」

「おいもう一人分!?　はえーよ!?」

しかもこれ、2往復できたので1日で私たちは丸太48本を納品することに成功した。

48本分の納品証をギルドのカウンターに並べると、受付嬢さんは口端をひくっとひきつらせた。

「……大規模木こりパーティー級の納品数ですよこれ」

「だよなぁ……俺らも驚いてる」

「ホント凄かった。ブレイドの表現が誇張じゃないのって初めてかもしれんぞ」

「あ、シルドンもそう思った？　俺も」

遠い目をする先輩達。受付嬢さんは「えーっと、7割だといくらになるかしら……」と計算してくれている。報酬くださいよ。はよ。

「とりあえずカリーナ。大銀貨4枚がお前の取り分だ」

「えっ？　ちょっとまって先輩。私の取り分は銀貨33枚と大銅貨6枚でしょ。道中で狩ったモンスター分は荷車代と相殺してるよね？　大分多くない？」

「……これ以上貰えるかっての。先輩としての意地だ……だーっくそ！　お前大物になるよ！　俺が保証する！」

「あざーっす！」

計算ミスしたわけではないらしい。シルドン先輩とセッコー先輩もうんうんと頷いている。なら、遠慮なく貰っておきましょうかね。先輩の顔を立てるのも後輩の務めよ。

「それと、ランクアップ手続きをしますね。おめでとうございます、Eランクです」

「え、ランクアップ？　やりぃ。早くも新人は脱却かぁ。……まだ登録してから3日目ですけど？　いいの？　どういう基準なん？」

「1ヶ月に大銀貨1枚稼げたらEランクになります。生活できる程度の収入、が基準ですね」

なるほど、なら今日1日で大銀貨4枚稼いだ私は文句なしでランクアップというわけだ。

そしてDランクになるには月大銀貨2枚だが活動期間も必要で、Cランクからは更に色々な依頼を達成したり、信用度なんかも関わってくるらしいのでさすがにすぐには無理とのこと。

「そこ考えると、ブレイド先輩達ってしっかりした冒険者だったんすねぇ？」

「なんだよ、どっからどう見てもしっかりしてんだろ？」

「いや最初酔っぱらって絡んできた風だったじゃないすか。ね？」

うぐっと言葉につまるブレイド先輩。


「そんで、これからどうするんだ？　お前さえよければ正式にウチのパーティーに勧誘しようかとも思ってたけど、まぁ無理だな。今日の見る分に俺らが足りてないわ」

なんというか、真面目だなぁ。もっとこう、何も知らない新人から搾取してやるー、みたいな人だったら面白かったかもしれないのに。

「確か、商人になるんだったたか？」

「あ。その前にちょっと頼まれごとしてるんで、奴隷とか買えないかなって」

そう。頼まれごと、つまり靴下である。可愛い奴隷に靴下を履かせ、ＳＰを自前生産する計画なのだ！　私自身はダメでも奴隷ちゃんなら文句は言われないはずなので!!

それに異世界モノの定番だし。可愛い奴隷少女とくんずほぐれつ！　してぇ！

というわけで、どうすれば奴隷を買えるのか、いくらぐらいするのかとかをブレイド先輩達に聞きたい所存。おせーて先輩！


「やめとけやめとけ、奴隷なんて良いもんじゃねーぞ」


早速のダメ出し！

「いきなり夢を折ってきますねブレイド先輩……！」

「だってなぁ、奴隷だぞ？　まず、自分から好き好んで奴隷になるやつはいないだろ」

「そっすね」

余程の変態でもなきゃあり得ない話だ。

「その時点でまぁ全員奴隷抜けを狙ってると思っていい。これは分かるか？」

「奴隷抜け……なるほど、一般人への復帰っすね」

できるなら一般人に戻りたい。うん、普通にそう思うだろう。当然だ。

「この時点で、奴隷は信用できない。主人の信用を得ようと真面目に働く奴隷もいるが、それは全部演技だと思え。絶対に信じるな。信用していいのは、清算が終わって奴隷から一般人に戻った後、それからだな」

「えっ、どうして？」

「奴隷ではなくなった途端に豹変《ひょうへん》するやつが多いんだ。例えばこんな話がある」


〜・〜・〜


「奴隷ちゃん、結婚しよう！」

「嬉しい……！　でもご主人様。奴隷は結婚できないわ……」

「じゃあ君を解放する！　これでもう奴隷じゃないから結婚できるよ！　さぁ――」

「よっしゃあ!!!　奴隷抜けだぁああ！　あー、お前みてーな（ピーーーー）野郎、誰が好き好んで寝るかよ！　格下相手じゃねぇと碌《ろく》に話もできねぇ陰キャがよぉ！　毎回演技すんの大変だったぜ！　アバヨ！　ついでに今までの慰謝料にプレゼントしてもらったモンは全部残さず貰ってくから！　趣味悪いけど売れば少しは金になんだろ。ギャハハハハ！」

〜・〜・〜


「と言う感じで騙《だま》されて有り金全部巻き上げられたのがそこのシルドンだ」

「シルドン先輩!?　マジっすか!?」

「……ぐふぅ……古傷をえぐるなブレイド……！　それは俺に効く……ッ」

「あの件でどんだけ迷惑かけたと思ってんだ。一生ネタにしてやる」

体験談かぁ、うわーい。

ちなみに実際は解放されて数日の間は猫をかぶっていて、金目の物を法に触れないよう周到に自分にも所有権があるように移し、合法的にありったけ奪っていったそうな。

え、えぐい。

「勉強がしたい、って勉強させたら犯罪にならない悪事のやり方を学んでたなぁ」

「それに高いポーションで傷の治療もしてやって、3年も一緒にいたのになぁ」

「セッコー先輩も追い打ちやめたげてよぉ！　シルドン先輩、その……ドンマイ？」

「甘えん坊な清楚《せいそ》系だと思ってたのに……ぐすん」

膝を抱えて黄昏《たそが》れるシルドン先輩。

「ま、シルドンの貯蓄だけで助かったよ。結婚資金に貯めた二人の貯金、なんかは全部持ってかれてたけどなぁー」

「あああああーーーーッ!!」

防御力に優れたシルドン先輩がここまでダメージを負うとは……物理じゃなくて精神的ダメージだけど。これはひどい。

「い、いいかカリーナ……見目のいい女奴隷を見たらそいつは詐欺師だと思え……！」

「……うっす、シルドン先輩。肝に銘じておくっす！」

シルドン先輩に、敬礼!!

「とまぁ、シルドンを見れば分かる通り『好かれていると思って可愛がってたら心底憎まれてた』ってのは超キツい。愛玩用なら裏切られる覚悟を持っておけよ」

「もう放っといてくれ……」

グサグサと言葉のナイフで刺し続けるブレイド先輩。死体蹴りがひどい。

「セッコー先輩。奴隷って夢も希望もないんすね……」

「そうだねカリーナちゃん。奴隷は金も掛かるし責任も増える。気軽に買うもんじゃないんだよ」

購入費の他、飯代に宿代、服やらなんやらで面倒見るための金が掛かる。管理責任も増え、もし奴隷が逃げて犯罪を犯したら主の責任になるらしい。これを利用して気に入らないご主人様を破滅させ、奴隷商に出戻って新たな買い手をまつという奴隷もいるらしい。

なにそのご主人様ガチャ。怖っ。

「ま、そうはいってもソロのお前なら奴隷を持つのは選択肢としてはアリだ」

お？　話の流れが変わってきたな？

「話の流れ的に奴隷を持つの反対してたと思ったんすけど」

「エロ目的、愛玩目的ならって話だよ。ちゃんと奴隷として働かせるなら別だ」

「な、何故《なにゆえ》私がエロ目的だって証拠だよ!?」

こちとら女の子ですよ!?　清楚清楚！

「うっせ、今更取り繕っても無駄だぞカリーナ。お前、あの時のシルドンと同じ目をしてたぞ」

「だねぇ。これはキツく脅しておかないと騙されるなって一目で分かったよ」

「……俺、あんなに分かりやすい目してたのか」

ぐうの音も出ねぇや！

「それによく考えりゃ分かることなんだが、そもそもエロ目的で働けるマトモなやつは男女共に娼館行きだろ？　見た目良くて残ってんのは間違いなくアウトな連中だぞ」

「た……確かに!?」

奴隷に拒否権はない。そしてその方面の業者《プロ》が漁《あさ》っていくので、碌な奴隷が残ってるはずもない。あれば奇跡。あるいは所持してたら捕まる違法奴隷とか曰《いわ》く付きだろう。

逆に普通の奴隷ならまだマシなのが手に入る。当然良いのから売れてくから出遅れると
ハズレばかりなものの、アタリが紛れてる分まだ良いと言える。

「で。仲間や下男下女として扱うなら奴隷の方がいい。特にお前は秘密が多そうだしな」

「あ、やっぱ気付いちゃいます？」

あまり積極的に隠してるわけでもないんですけど。

「ま、詮索はしねぇよ。それが冒険者だしな」

「実は私ぃ、神様の依頼でぇ」

「詮索しねぇって言っただろ！　むしろ言うなよ!?　巻き込む気か!?」

チッ。神器集めとか手伝ってもらえるかと思ったのに。


「話を戻すぞ。奴隷は色々と呪いが掛けられている。その中のひとつに秘密厳守ってのが
あるんだ。本人が秘密をバラそうと思ったら声を含めて身体が動かなくなる」

「へぇー、『秘密だから黙ってろ』って言っとけば安心ってわけですね？」

「そう言うこと。商人とかは秘密も多いし、働き手として有用だって話だぞ」

確かに秘密を確実に守る従業員は便利だろう。

「ただ、前提として売られてる奴隷の大半は、悪さをしたか借金が原因で奴隷落ちしたん

だって覚えとけ。『自分の奴隷だけは大丈夫』なんて甘い考えは奴隷側からしてみりゃ歩く財布だ」

「……有用ではあるけど、信用や信頼はしない方がいいんですね」

「大事なのは3つ。悪さをする前提で悪さができないように命令すること。命令したこと以外の仕事は何もしないと思って命令すること。そして奴隷身分から解放しないことだ」

とにもかくにも管理が重要、と。

「ん？　なら最初から奴隷に『悪さをするな』って命令しておけば奴隷に罪を擦《なす》り付けられて破滅するご主人様はいなくなるんじゃ」

「奴隷が悪さだと思ってないならできちまうな」

奴隷の主観かぁ。息をするように『窃盗して当然』って考えてるやつはこれじゃ止められないんだな。面倒臭ぇ……！

「で、大半の奴隷は悪さか借金で奴隷落ちしたって話したが、そうじゃないやつもいる。そういうのは別の意味でワケアリなのがヤバい……んだが、お前が買うなら狙い目はここだろうな」

「へぇ？　なぜなぜ？」

「お前の方がもっとワケアリなら、多少は気にならないだろ？　内容にもよるけど」

「天才かよ先輩」

納得してしまったよ。フッ、さすがブレイド先輩だぜ。

「よし！　それじゃ早速そのワケアリ奴隷を見に行きましょう!!」

「やめとけ。今から行っても仕方ねぇぞ」

「何でですか？　早くしないと掘り出し物が誰かに買われちゃうかもしれないじゃないっすか！」

私がそういうと、ブレイド先輩はやれやれと肩をすくめ、首を振った。

「そもそも奴隷の値段は金貨1枚からだ。金が足りねぇだろ」

なん、だと……!?　ここまで気分を盛り上げておいてそりゃないよ先輩!!

第二章

そして翌昼。私は奴隷商へとコッソリやってきていた。

実際買えないまでも、手付金を払ってキープくらいはできるかもしれない。1日で大銀貨4枚稼げた私なら、3日で金貨だって稼げるわけだし！

こういうのはなるべく早く動くのがベストなのだ。後悔先に立たず。やらない後悔よりやって後悔する方がいいってやつ。

手付金にいくらか必要かと思って念のため大銀貨4枚もギルドから引き出して持ってきたよ。ま、収納空間に入れとけば盗まれることは絶対にないしね。


え、なんで昼まで寝てたんだって？

いやぁ、ちょっと奴隷の女の子とくんずほぐれつする妄想してたら気分が乗っちゃって、ついでに自分の身体についてしっかり調べておこうと色々、そう、色々してたら、力尽きてぐっすり、結果昼になっていたのだ。女の子の身体ってしゅごい。……いやまぁ、少しは自重したよ？　神様に見られてる可能性高いしさ。ほんのさわりだけよ。

まぁ、金もあるんだしのんびりしたっていいじゃない。スローライフスローライフ。

ちなみにここで奴隷商について、基本的知識本による豆知識。

奴隷商は犯罪者ですら買い取る最後のセーフティーネット。口減らしに捨てられるような者も買い取ることで治安の維持に貢献しており、基本的に買取拒否するようなことはない。行政とも結びついているらしい。

なるほど、実は公務員なんだね奴隷商。安定した仕事だこと。

さて、そんじゃ念願の奴隷商でのお買い物です。それなりに高い塀に囲まれた大きな店で、入口に立っていたチンピラみたいな男の人に話しかける。

「すみませーん。ここ奴隷商ですよね？」

「ん？　なんだ嬢ちゃん……金に困ってはなさそうだな。客か？」

私をチラ見してそう言う。うん、まぁ美少女だもんね。お金に困ってたらもっとみすぼらしくなってるもんね。

「はい、購入を検討してる感じです。まぁ今日すぐにってわけじゃないんですが、下見したくてですね」

「分かった。旦那様に取り次ぐ。こっちへこい」

従業員か。もしかして奴隷なのかもしれないな。ついていくと、商談部屋らしき部屋へと連れてこられた。長椅子と書類を広げるための低いテーブル。それと神棚があった。鉢植えの観葉植物もおいてある。薄ピンクの綺麗な花だなぁ。センスいいじゃん。

固い椅子に座ってまっていると、すぐに旦那様こと奴隷商がやってきた。赤髭《あかひげ》の、金持ってそうなオッサンだ。なんだそのごつい指輪、これからパーティーにでも行く予定だったのか？

「ほう、上玉じゃないか」

おい、こっちは客だぞ。第一声がそれかよ。

「ンで、奴隷が欲しいんだって？　金はちゃんとあるのか」

「あー、今日は下見ですが、ちゃんと稼いで来る予定です。それで、私が欲しい奴隷を買うにはいくらほど必要なのか知りたいんですよ」

「あん？　からかってんのか？」

なんだよ睨《にら》むなよ。下見っつってんじゃん。

「……まぁいい。んで？」

ほれ、私の向かい側の椅子に座り、何かを促すように顎をくいっとひねる奴隷商。

「いやだから下見だって」

「だぁーかぁーらぁ！　どういう奴隷が欲しいかって聞いてんだよ。ったく、女はこれだから！」

　初耳だよオイ。っつーか態度悪いなコイツ。

「年頃の女の子で、そんな高くないやつ。ワケアリ可。あ、それと足が綺麗なら尚良し」

「はぁ。年頃の女ねぇ。俺の目の前に一人いるぜ」

　下種《げす》な笑みを浮かべる奴隷商。おい、それ客だって言ってんじゃん。なんなのコイツ、喧嘩《けんか》売ってんの？　買うよ？　言い値で。

「で、買える奴隷はいるの？　いないの？　かなり緩めに条件言ったつもりだけど」

「あー。そうだなぁ。いるっちゃいるぜ」

　耳を小指でホジり、とれた耳クソをフッと吹き飛ばす奴隷商。お前客商売してる自覚ある？　こっちは商談しようとしてんのにさぁ。商品を売れよ商品を。顰蹙《ひんしゅく》の押し売りなら買わされ放題だよ。

「こっちだ、付いてきな」

　と、奴隷商が立ち上がって歩き出す。あーあ、なんかもう買う気失せたわ。でも一応掘り出し物があったら買いたいし渋々付いていく。お、牢屋《ろうや》みたいな鉄格子の部屋がある。中にはぼろきれを纏った男の奴隷がちらほら。そこはスルーして進み、地下階へ。

「ワケアリでいいっつったよな？　ほら、こいつだ」

その鉄格子の小さな部屋には、一人の奴隷が転がされていた。

その女の子は、両腕は肩からなくなっており、顔には汚れた包帯が巻かれている。ほどけかけで、火傷《やけど》の痕が見えた。雑巾よりもひどいボロボロの服で、なんとか身体の大事なところを隠している。が、その身体が痣《あざ》や傷だらけで、なにやら刺青が入っているのも分かる。

こりゃひどい。あ、でも足は比較的無事だな。多少汚れてるし傷もあるけど。

「元はハーフドワーフだ。結構頑丈でな、サンドバッグには丁度いいぜ」

「へぇ、ハーフドワーフ。そういうのあるんだ」

「ンだよ、ビビらねぇのか。結構肝座ってんな」

少し感心した、と奴隷商が私を褒める。まぁチュートリアルでこれよりひどい状態のを神様に見せられまくったからね。グロ耐性はあるよ。

「ちなみにこれはどうしてこんな状態になってんの？」

「あー、錬金王国の商会に不利になるような歌を歌ったらしくてな。見せしめにしたんだとよ。ああ、それ吟遊詩人なんだとよ。声も潰されてるぜ」

楽器を演奏する腕、人目を集める美貌、そして歌声――なるほど、吟遊詩人フルセットを潰した結果がコレなのか。

「見せしめにしてたのがなんでここに売られてんの？」

「知らねぇよ。こんなんでも買えって言われたら買うのが奴隷商なんだ。ま、飽きたんじゃねぇか？」

ふーむ。……まぁそこは別に気にすることもないか。錬金王国の商会だとしたら、国ごと潰れただろうし。

「あと、お前には関係ねぇだろうけど、一応処女だぞ」

「へぇ？　ここまで見せしめにしといてそこは無事なんだ？」

「処女の生き血が錬金術の素材になるんだとよ。ま、コイツの維持費とトントンってとこだが」

「維持費を考えると処女の方が都合が良かったわけか。商人っぽい損得勘定だ」

というか錬金術、そういうのもあるのか。

そういやポーションがあるとかなんとかブレイド先輩達も言ってたなぁ。スカベンジャースライムなんかも錬金術の産物っぽいし。

「で、これでおいくらなの？」

「金貨1……いや、2枚だぜ。買うか？　他のを見るか？」

「おい、今露骨に値を上げたな？」

「嫌がらねぇやつにならその位取ってもいいだろ。生かしておくだけでも金がかかるんだぜ奴隷ってのは。取れるときに取れるところから取るのが商人だぜ？　それに、今いる女奴隷の中だとこれでも最安値だ」

まぁ維持費が人一人分かかるのは分かるけど。その維持費はこの子の生き血で賄えるって話じゃなかった？　はぁ。足元見られてるなぁ。

「でもこんなの誰が買うってのさ。金貨2枚も払って」

「だよな。こんなの誰も治せねぇし、治す価値もねぇよな。じゃ、次いくか」

「金貨1枚だったら買うんだけどねぇ」

「お。じゃあ金貨1枚でもいいぜ」

おいおい、結局金貨1枚でいいのかよ。

「なら折角だしこれ買おうかなぁ。ああ、でも今すぐじゃないけど」

「……ほぉん。ま、いいぜ」

私はこの子を買うことに決めた。このくらいの傷なら空間魔法で治せるしね。自称混沌神のジジイはもっとひどい状態から復活させられてすり潰されてを繰り返してたくらいだし余裕余裕。

奴隷っ子の人間性は確認しなくていいのかって？

性格なんて死ぬ気の人間ならいくらでも取り繕える！　シルドン先輩だってひどい傷の奴隷を高価なポーションで治してあげて、それでも結婚詐欺のように財産奪われたんだから!!

先人の教訓を忘れてはならないぞ、私!!　奴隷に絆《ほだ》されてはいけない!!　性格はいっそ不問が正解なのだ!!!

ま、仮にこの子に性格的な問題があったら、収納空間に閉じ込めて飼い殺しにすればいいだけの話だし。ほんと空間魔法って便利。

「手付金とかいる？　銀貨10枚くらいで」

「そうだな。契約書を作ってやる。戻るぞ」

やれやれ、ようやく商談ができそうだ。

奴隷商と先ほどの商談部屋へと戻ってくる。

「さてと。それじゃあ奴隷購入にあたって確認しないといけねぇんだ」

「ん、そうなの？」

まぁ公務員なら、そういう手続きも色々あるんだろうな。

「まぁ花でも見て落ち着いて答えてくれ。ほれ、こいつは俺のお気に入りでな」

と、部屋にあった鉢植えの花をテーブルに持ってくる奴隷商。花が好きとか案外可愛いとこあるじゃんこのオッサン。

「まずお前の身分だ。貴族じゃねぇよな?」

「ああうん。平民の冒険者だよ」

「家族構成は?」

「いないけど」

「ほお、独り身か」

奴隷商はニヤニヤと笑みを浮かべる。なんだよ、独り身が奴隷買っちゃ悪いかよ。

「恋人は?」

「いないけど。何、口説いてんの?」

「いやいや、確認しないといけないだけだ。奴隷の売り先の環境としては大事なところだろう? 落ち着けよ」

そういってズイッと花を押し出してくる。ったく、花を見て心を落ち着かせろってメルヘンな野郎だな……

「良い匂いの花だろ?」

「ん、ああ。まぁ、そうだな」

桃のような甘い香りだ。

「さて、続けるぞ。まだまだ聞かなきゃいけないことがあるんだ」

「さっさとしろよ」

「住んでる場所は？」

「んー？　今は特にどこにも住んでないけど……」

「住んでない？　旅人なのか」

「旅人、うん。旅人だねぇ……」

「持病なんかはあるか？」

「……ないない、健康体だよ」

あれ、これなんの質問、だっけ？　なんか眠くなってきたなぁ。まだ答えなきゃならねぇのかよ。ったく面倒くさいなー……

…………

……

#Side奴隷商

俺様はこの町の奴隷商、バレイアス。まぁ奴隷商とか旦那様で通っている。

奴隷商と言えば、領主からの覚えも目出たい特権職であり、周りのやつらは皆俺に従う。

とはいえ、奴隷商は金がかかる。奴隷商になるにあたり領主から奴隷の買取は断るなと言われていることもあり、意外と貧乏だ。

だから、その金を捻出するのは俺様の才覚次第ってわけだ。なぁに、ほんの少しだけあくどいこともしているが、バレなきゃ何の問題もない。

俺様は、自分で言うのもなんだがとんでもねぇ力を持っている。奴隷商としての権力もあるが、この指輪。正確には指輪についている『支配石《ドミニオン》』という宝石だ。

神から授けられたというこの宝石は、魔力を通すことで甘い香りを発する。そして、その香りを嗅いだものは俺様の言うことをなんでも聞くようになるんだ。

それも何度も何度も嗅がせることで、ずっと俺様の言うことに従うようになる。が、それには長い時間とインターバルが必要だ。焦って一度にガッツリ嗅がせると頭がぶっ壊れちまって使い物にならなくなる。

1日には1度が限度だ。が、そこで俺様の奴隷商としての仕事が役に立つ。『支配石』で支配して、意識が曖昧なうちに奴隷契約を結ばせればいいのだ。

契約させてしまえば支配がとけても俺様の所有物になる。余計なことは言わない契約も盛り込めば『支配石』のことがバレることはない。タダで商品を仕入れられ、俺様が丸儲けという寸法だ。

ただし、これは身寄りのない人物に限られる。事情を聴きだしてダメな場合はそのまま返すことになるが、『支配石』で支配している間の記憶は曖昧になるためそこもバレる心配はない。

ま、スラムの人間ならまずいなくなったところで誰も困らないし、ゴミ掃除にもなる。領主の言う治安の維持ってやつに貢献してやってるわけだな。

で、だ。

とんでもねぇ上玉がのこのことやってきた。奴隷を買いに来たらしいが、どうにも世間知らずな空気を感じる。日々の食事に困ったこともなさそうだ。俺様に敬意もねぇし、この町の人間ではないな。こんな上玉、町にいたら俺様が知らないはずがない。

身なりが良いので貴族のお忍びかと思ったがどうにも違うらしい。安い奴隷を見せろって言ってきたから、ビビらせるための最安値の奴隷を見せても表情ひとつ変えねぇし。まして やそれを買うとか。こんなの買っても旅の邪魔だろうに、何モンだ？　もしかしてガサいれかなにかか？

『浄化』で落としきれていないメスくさい空気を纏っているところから、性処理用の奴隷が目当てだとばかり思ってたんだが……まぁあの奴隷には治癒魔法を無効化する呪いの刺青が入れられているし、買わせたらその時点で足枷《あしかせ》にしかならないだろう。最悪本当に売ってやってもいいわけだ。

で、奴隷を売るために必要なアンケートだと嘘ついて色々確認したところ、なんとそいつは本気で何の後ろ盾もない上に、身寄りのない平民の旅人だった。

「もう一度聞くぞ。お前は身寄りのない平民か？」

「……あってるよ」

「そして、いなくなっても捜す人のいない旅人だ。後ろ盾もない」

「……ああ、そうだけど」

念のため『支配石』の香りを嗅がせてから再度確認しても同じだったので、間違いない。ってか、役立たずの奴隷を買ってどうするつもりだったのかを聞いたら「靴下を履かせる」とかワケ分からねぇことを答えるし、頭おかしいから家を追い出されたとかなんだろうな。

これ以上ないほどの上玉が、これ以上ないほどの条件でやってきてやがる。

食い物に困ったこともない世間知らず、か。なんてズルいやつだ、こんなやつは奴隷にしてやらなきゃ不公平だろ。これだから世の中ってのは……俺様が正してやらなきゃな。

「そうだ、手付金とか言ってたな。金があるなら見せてみろ」

「……おうよ、ほら」

そう言って、カバンから大銀貨4枚を取り出した。奴隷を買うには足りないが。

「金貨を稼ぐアテがあったのか？」

「……すぐ稼げるよ。私だし」

どこからその自信が、と思ったが確かに見目がいいし、身体を売るならひと月もあれば余裕で金貨くらいは稼げるだろう。なら、奴隷にしてから稼がせても同じこと。

「一応聞くが、お前は処女か？」

「……フッ、違うよ」

なぜか得意げに言う女。処女ならそれはそれで高く売れたところだが、そんなら俺が味見してもいいな。どれ、と手を伸ばせば、服の上からもふにょんと柔らかく揉みやすい乳が手に収まる。おお、いいなコレ。詰め物もしてなかったか。次は滑らかな肌を直に揉んでやろうと服の中に手を突っ込み――

「……おい、何してるんだ？」

――む。口答えしただと？　少し時間をかけすぎたか、『支配石』の支配が弱まり始めている。本来の意思と異なることをさせすぎると支配が早く切れるのだ。それでも振り払われたりしていないのだからまだ効いてはいるはず。

「品定めだよ。大事なことだろう？」

「……ああ、そうだな」

うん、まだ完全に『支配石』の影響下にある。早く奴隷契約を結んでしまおう。

本格的に味見するのは契約を結ばせてからでいい。いつも通り、俺様との賭けで身ぐるみはがされ奴隷落ちしたという契約にしよう。賭けの同意書も必要だな。


「……ねぇ、もう帰りたいんだけど？」

「っせーな、お前の持ってる身分証を出せ」

契約を結ぶために、念のため身分証を確認する。偽名や間違った名前で契約されると契約がしっかりかからないこともあるからだ。逆に正式な名前で契約すれば、それだけ強固な契約となる。そのための確認だ。

「……ほいよ」

女はEランク冒険者カリーナと書かれた冒険者ギルド証。よしよし、これであとは契約書にサインさせれば完璧だな。

「……たく、帰りたい……あ、そうだ。これも身分証だったわ。ね、もう面倒だから帰っていいよね？」

「どんだけ帰りてぇんだ、ったく……ん？」

カリーナが追加で取り出した、穴の開いた円盤。……ああ、なるほど。確かにこいつは正しい身分証だ。うん、問題ないな。問題ない。

「……ね、帰っていいでしょ？　ほら見てよこれ」

「バカめ。契約を結ぶまで帰すわけないだろ……って」

いやまて？　この身分証が本当ならここで止めるのはマズいな。よく見たらこの丸くて穴の開いている身分証は『帰る正当性』を示すもの。うーん、さすがの俺様でもこれは止められない。こいつが帰るために、この身分証を見せられてはどうあっても止める理由が作れない。

だって、何の問題もないのだから。くっ、言いがかりのつけようがない完璧な証《あかし》だ。

「……ああ、いいぞ。帰ってよし」

「……あいよ。んじゃね」

そう言って、カリーナは銀貨と身分証を仕舞って立ち上がり、部屋から出て行った。

「え？　あの、いいんですか旦那様？」

抵抗したときのために部屋の外で待ち伏せさせていた使用人奴隷が言う。

仕方ねぇだろ、あの身分証があったら帰さないのは問題になりかねないんだか……ら？

「おい、なんであの女、カリーナを帰した？」

俺様はハッとして奴隷に尋ねる。

「へ？　いや旦那様が帰せって言ったからですが」

俺様は片眉を上げて首をかしげた。あんな上玉を、どうして逃がしちまったんだ？　あの女が俺に何かしたのか？

「……まぁいい。奴隷を買いにまた来るだろ」

その時こそ、奴隷の代金として稼いできた金貨諸共、俺様のモンにすればいいだけだ。

が、それはそれとして。俺様はあの胸の感触を思い返す。控えめに言って上玉。世間知らずで最高の獲物。スラムの細いガキでも、香水臭い娼婦でもああはならない。初物じゃねぇ点だけは減点だが、まぁ、目をつぶってやっていい。

「あの女……カリーナをチンピラに言って見張らせとけ。町から逃げそうならとっ捕まえて連れてこいともな」

「分かったぜ旦那様」

今回は逃がしちまったが、お前はもう俺様の獲物だ。逃がさねぇぜ、カリーナ。

#SideEND

……

…………

あれ？　私、何してたっけ？

ふと気が付けば、私は町中をフラフラと歩いていた。あれー？　奴隷商行って、えーっと。なにがあったっけ？　うーん。あ、そうだ。奴隷の値段を聞いたんだった。

確か金貨1枚だったよね。また先輩と木こり行こうかな？　頑張ればすぐ金貨が稼げるだろうし。

「えーっと、手付金は払ったんだっけ？……いや、大銀貨4枚ちゃんとあるな。いやまてよ？　なんかおっぱい揉ませて手付金代わりにしたんだったたっけ？」

うーん、なんか記憶があやふやだ。でもまぁ、売れ残りのあの子が今日明日に売られることもないだろう。私以外に誰が買うってんだあの状態の奴隷。

……なんか今、背筋がぞわっとしたぞ。やだ、風邪ひいたかな。今日はあったかくして寝なきゃ。

ということで今日は仕事をするのをとりやめて、暖かくして寝るために、家具をどうにか揃えることにした。今私の手元にある寝具は教会でコピーした毛布と穴の開いた毛皮たち。毛皮は穴が開いていても通気性が悪く、確かに暖かかったがわりと汗をかいてしまうので逆に風邪を引く要因になりかねない。……いや逆にもっと穴だらけにして毛布の上に載せて使うのが正解だろうか……？　うーん。

いや。ここは逆に考えよう。この機会に収納空間の拠点を整備するのだ。一度拠点として整備してしまえばずっと使えるのだから、むしろコスト的にはお得なはず！

「奴隷ちゃんは少し遠のくけど、大銀貨4枚は家具に突っ込むかぁ」

どうせ木こり1日で稼げる額だし。先輩達が協力してくれたらだけど。

私はまた買い物のため、商店街へと繰り出した。

まず整備すべきは休息のための設備、つまりはやっぱり寝具からだ。安全性については収納空間の中にいる限り絶対に保証されるといっていい。

「さーて、最高の寝具、といかないまでも、まともな寝具があればいいんだけど」

もっとも、日本生まれ日本育ちの私の基準で考えると『まともな寝具』＝『この世界の最高級』という可能性もなきにしも非《あら》ず。綿もかなり高かったし……とりあえず予算を大銀貨3枚で考えておこう。

まずは先日毛皮と干し肉を買った店に行く。情報は知ってる人に聞くのが一番手っ取り早い。というか、確か綿も売ってたのでベッド素材が手に入るんじゃなかろうか。

「お。また来てくれたのか」

「やぁお兄さん。先日ぶり。覚えてくれてたんだ？」

「あんたみたいな美人、忘れようったって無理だよ。今日もなんか買ってってくかい？」

あらやだお兄さんったら、お上手だこと。オホホ。

「実はベッドが欲しいんだけどさ、綿売ってたよね？　大銀貨2枚分だとどんくらいになる？」

と、私は実際に大銀貨を見せて言う。

「おう、ガッツリ買う気だな。あー、そうだな……綿でベッドを作るには、心許《こころもと》ないんじゃないか？」

「むむ。そうかぁ。……うーん、なんとかならない？」

ちら、と上目遣いで見てみる。まあならないなら追加で出すだけだけど。

「……んん、そうだなぁ。なら、その綿よりもやわっこそうな胸を揉ませてくれたら大銀貨2枚でそのリュックがパンパンになるくらいの量を売ってもいいぞ？　なんてな！」

お、そうきたか。

冗談めかして「なんてな！」なんて言ったけど、その目線が私の胸に釘付けなのはもちろん分かっているのだよ？……このリュックが一杯になるくらいの綿があれば、敷布団と掛け布団、両方とも綿で作れそうだな。

ここは、交渉だな！

「そーだなぁ。全部綿じゃなくて藁《わら》でかさまししたらいいんじゃねぇの――」

「良し分かった！　ここは特別に、お兄さんにいつでも揉めるおっぱいを授けてやろう。だから大銀貨２枚で頼むよ。どう？」

「なっ!?」

驚愕《きょうがく》の表情を浮かべるお兄さん。お前が始めた交渉だぞ。

「ほ、本当か？」

「交渉成立ってことでいいのか？」

……ごくり、と喉を鳴らす音が聞こえた。フフフ。成立だね。

「お、おし。それじゃ早速――」

「おっとまった。誰が私の胸を揉ませると言った？」

「えぇ？」

寸前で止められて情けない顔をするお兄さん。

「いいから私の言うとおりにしてみろ。世界が変わるからな。……まずは下準備だ。手をこう軽く開いて、上を向けてみろ」

「……こ、こうか？」

「手のひら大の玉を、いやおっぱいをつかむような感じで――そう。それでいい」

私に言われた通り、手を上に向けるお兄さん。それで下準備は完了だ。

「よし。次はそれをドリルのように回すんだ。……ってドリルじゃ分からないか？　こう、手首は固定して肘から先をぐりぐりと素早く捻るんだ。肘が動くくらい激しく！」

「お、おう！」

私に言われた通り、肘から先をぐるっぐるっと、手を返す、戻す、を連続で素早く繰り返すお兄さん。手を上に向けてぐりぐりと回しているのは、少し間抜けな感じだ。

「そうだ。どうだ、なにか手に柔らかな、ふんわりとした感触がしないか？」

「……！　言われてみれば……！」

そう。これぞいつでもどこでもおっぱいを揉める方法。遠心力で世界がおっぱいになる奇跡の御業。

「これが――名付けて『風《シルフ》のおっぱい』だ！」

「これが……!!」

感動に目を見開くお兄さん。――いや、首をかしげた。

「……って、これは本当におっぱいなのか？　全く分からん……」

「なんだよ。本物を揉んだことないのか？　じゃあ私のを一回だけ揉ましてやるから確認してみろ」

「えっ」

これが本当に本物のおっぱいに限りなく近い感触であることは、私の胸が保証する。検証済みだ。お兄さんの左手をつかんで私の胸を触らせてやった。

「……おっぱいだ」

「な！　本物と同じだろ！」

「……ああ」

よしよし。同意が取れたしこれなら文句あるまい。……って、しまった本当に揉ませてしまった。まぁいいか一回くらい。自分でも何回も揉みしだいてるし？　なんかムカムカして適当に上書きしたかった気分だったような気もするし？　うん、一回くらい問題ない。先端は触らせてねぇしな。

「さ、そんじゃ約束通り大銀貨2枚で色々揃えておくれよお兄さん」

回転もさせずにわきわきと虚空を揉んで感触を反芻《はんすう》していたお兄さんに声をかける。

「お、おう。布は隣の婆さんが売ってるな。あ、裁縫道具は持ってるか？　婆さんに縫ってもらう手もあるよ、別途手間賃かかるけど……あの、それも俺が出す？」

「あ、裁縫道具は大丈夫。縫うのも自分でやれる。とにかく材料だけでいいよ」

組み立て接合等等は空間魔法でやっちゃうつもり。

「枕はある？　枕は少し硬い方がいいし、藁の方がいいかな。藁でいいなら出来合いの枕があるからそのまま出せるけど」

「うん、いいよよろしく」

そうか、枕も要るよな。いやー人任せって楽だわ。ポンポンと話が進む。

しかも張り切ったお兄さんが協力してくれたおかげで、布団の材料はすぐに集まった。お代も大銀貨2枚！　しかも干し肉と枕もオマケかぁ！　ひゅー、お兄さん最高！

こう、頑張ってくれたしこちらもオマケでお礼くらい言っておこう。

とはいっても、両手でお兄さんの手を取って、

「ありがとう！　助かったよ！」

と笑顔で言うだけ。美女の笑顔、プライスレス。無料です。商人のお兄さんはでへっとだらしない笑みを浮かべた。ちょろい。

私はリュックにベッドの材料を突っ込んでいく。収納空間がなければ入りきらなかったかもしれないが、無事に全てリュックに詰め込んだところを見てお兄さんは「おぉ……入るもんだなぁ」と腕を組んで感心していた。

「で、どこに運べばいい？　重いだろうし俺が運ぶよ」

「ああ。私が自分で持って帰るから大丈夫」

と言いながら、ひょいと背負う。軽いもんよね。実際の中身は入ってないし。

「うぐ、ま、また来てくれよな！　オマケするし！」

「うん、欲しいものがあったらまた来るね」

投げキッスくらいしておこうかな。ちゅっと。あ、また真っ赤になった。初心《うぶ》だなぁ、わはは。


さて、どこで拠点の収納空間に戻ろうかなぁ、と周囲をうかがっていると、見知った顔が声をかけてきた。

「おう。カリーナじゃないか。何か買い物してたのか？」

「ブレイド先輩。ちーっす。ちょっとベッドの素材を買いまして」

「ベッド？　ってことは家を借りたんだな。ま、長い目で見れば宿より得だしいいんじゃねぇの。大銀貨がありゃ当面住むところは借りれるもんな」

ん？　とブレイド先輩の言葉に思い至る。そうか。普通は収納空間なんてないんだから、ベッドを買う＝拠点を構える＝この町に住むってことなのか。うーん、どこかに部屋を借りる、その発想はなかった。確かに毎度収納空間に戻るために周囲をうかがうくらいなら、それもアリかもしれない。

「ただ、独り暮らしだろ？　一応気を付けとけよ。女の独り暮らしは狙われやすい。あと近所への挨拶はちゃんとするんだぞ。できれば手土産もあるといい。しっかり知り合っておけば、いざってとき助けてくれるかもしれねぇからな」

「あー、そっすね」

挨拶はジッサイ大事。古事記にもそう書いてある。多分。

にしても、ブレイド先輩本当に面倒見がいいな。お母さんかよ。

「そうだ、ベッド以外にも色々と買うものがあるんじゃねえか？　家ならスカベンジャースライムも両性対応のやつがいいしよ。買い物を手伝ってやってもいいぜ」

「ん、追々ですね。スカベンジャースライムは盲点だった……」

現状は拠点でトイレしたくなったら無限収納に中身ポイしてるんだよな。せめてトイレ壺《つぼ》だけでも用意しとくべきか……

「まぁ今日のところはベッド買ったんで金欠っすわ。明日にでも木こり手伝ってくださいよ。できれば金貨貯まるくらいまで！」

「おう。んじゃ明日の朝ギルドでな。シルドン達には俺から言っとくわ。取り分は昨日と同じでいいぞ」

そう言ってブレイド先輩は手をヒラヒラ振って去っていった。

よし、金を稼ぐ目途も立ったし、もうちょい買い物してくかな。

私はリュックを背負ったままトテトテと通りをぶらつく。お、露店が並んでる。フリーマーケットみたいな光景だ。

「へぇ、なんか色々売ってるな」

野菜や果物、ナイフやハサミ、こん棒、皿、包丁。本も売ってんな。ん？　錬金術入門だって？　ほうほう。

「おっちゃん。この本ちょっと見ていい？」

「ん？　ああ。汚さないでくれよ。破ったりしたら買い取ってもらうからな」

そう言っておっちゃんは本を手に取るべくしゃがみ込んだ私をじろじろと見る。ん？　胸じゃなくてもっと下見てんな。……おっと、パンツ見えてた。そっと脚を閉じ、スカートを直して隠した。さすがにパンツ見られるのはちょっと恥ずかしい。

革張りの装丁のしっかりした本だ。めくると、羊皮紙に文字が書かれている。……おー、ちゃんと読めるね。よしよし。どうやらこれはポーションの作り方とかが書かれているようだ。へぇー、スキルとかじゃなくてこういう技術なんだ。……いや、スキル使うのもあるのか。ん、習熟すればスキルを覚えられる、へぇ。

奴隷を治すにあたって、空間魔法でアレコレして治しました、っていうよりポーションで治しましたの方が分かりやすいし、いいかもしれない。これはしっかり読み込んでみたいぞ。

「おっちゃん、これいくら？」

「銀貨3枚」

「銀貨1枚にならないかなぁ」

「うちのばあ様の形見だし、さすがにそこまでは下げられねぇな。そうだ、魔石もいくつかつけてやる。ポーションの素材になるらしいぞ」

魔石。モンスターから獲れる素材のひとつ。色々と使い道があるらしい……と、ブレイド先輩が言っていた。とはいえ、ゴブリンからもクズ魔石は獲れる。実際この話を聞いたのも木こりの帰りにゴブリン轢《ひ》き殺して先輩達が色々回収してた時だ。

「こう見えて冒険者だし、魔石は自分でとってこれるからいいや。他になんかない？」

「うーん、じゃあポーション瓶3つとポーション鍋《なべ》を付けるよ」

ポーション鍋とは、ポーションを作るときに欠かせない魔道具の鍋らしい。鍋としては小さいソフトボールくらいの大きさのもので、魔法陣が刻まれていた。これに薬草と魔石があればポーション入門セットらしい。

それならまぁいいかな。交渉成立だ。私は大銀貨1枚を渡してお釣りと商品を受け取った。

両替のように使われて少し嫌そうだったが、お釣りの銀貨を受け取るときに手が触れて少し機嫌を良くしていたのはここだけの話。

＊　＊　＊

買った本を早速読みたくなった私は、路地裏に入るようにして素早く収納空間へ入った。多分誰にも目撃はされてないだろう。

収納空間の中は、今のところ毛布と毛皮、干し肉とお布団の材料、あと神様から貰ったSPカタログが乱雑におかれている平地だ。壁も何もない。昨日はここで毛布に包まって「やっぱ奴隷欲しぃな」と思いつつ寝たわけだ。

……うん、暗くはないけど黒い空間。今更ながらどうなってんだろコレ。考えても仕方ないけど。床とかはちゃんとある感じだし、重力も――あ、これ私が「そうあれ」としてるからそうなってるっぽいね？　黒い空間なのも私の「収納空間」のイメージが反映されている模様。その気になればレインボーカラーの空間にもでき……気持ち悪くなるからやめとこ。

神様の空間魔法による収納空間は、ひとつの異世界と言っても過言ではないな。何もないけど。とりあえず広すぎて落ち着かないし、そのうち小屋でも作るか。

「んじゃ、読書――のために、先に寝っ転がるお布団を作るか」

読書は寝っ転がりながら行いたい派である。まずは敷布団からだ。

おっぱいを揉ませた甲斐あって、商人のお兄さんは綿をたっぷり売ってくれた。まずはこの綿を敷布団用の布の上にお布団の形で配置。少し多めに。敷布団用の布その2で挟む。はい空間魔法で接合どーん。完成！……少し柔らかすぎるな。綿を追加で入れておこう。空間魔法で転移させて程よい固さになるまで詰め込み、今度こそ完成。うーむ、結構綿を使ってしまった。藁で水増しとかしてもよかったかなぁ。

同様に掛け布団を作成。こっちは柔らかくていいので、追加で綿を入れる必要はないだろう。……すっげ、きっちり綿使いきったよ。

あとは枕を置いて――完成だ！　私の寝床！

ぶっちゃけ材料を手に入れた時点でほぼ完成していたと言っても過言ではない。空間魔法様様だね。


早速お布団に横になって、読書と洒落込《しゃれこ》もうじゃないの。

「錬金術ってのもロマンだよなぁ……あ、そういや靴下納品のご褒美カタログに錬金術スキルも載ってるかな？」

空間魔法でカタログを取り寄せ、パラリとめくる。ふむ、あるな。しかも『錬金術（薬品類）50ＳＰ』と『錬金術（魔道具）50ＳＰ』で2種類。魔道具、そういうのもあるのか。

……これは靴下納品に精を出すべきか。それとも、地道に鍛えて錬金術スキルを身に付けていくべきか。……今は後者を狙うとしよう。

「えーっと、ポーションの作り方は……うーん。材料が足りねぇな」

ポーションを作るにはポーション鍋、薬草、それと追加で魔石等の素材が必要と。鍋はおまけで着いてきたものの、薬草と追加素材はとってこないとな。

「……ふむ。挿絵のこの草が薬草か」

挿絵をよく覚えて、明日木こりするときに見つけたらとっとこう。

ポーション作りは後日にして、今日は柔らかく素敵なお布団でぐっすり眠ることにした。

＊　＊　＊

「ほら、カリーナの取り分な」

「わーい！」

というわけで先輩達と木こりをして、今日も稼いだ。頑張って3往復し72本の丸太を納品したので、大銀貨6枚分が私の取り分だ。

「これなら明日には奴隷ちゃんが買えるな……！」

「あーそれなんだがカリーナ。ギルドからまったがかかった。暫《しばら》く木こりはできねぇぞ」

「はい？」

私は首をかしげた。そんなそんな、木こりは常設依頼じゃないっすか。やだなー……って、依頼票がボードから外されているぅ!?

「な、なぜ!?」

「やりすぎたんだよ、俺たち」

「っ！　妬み嫉《そね》みってやつですか!?　既存の木こり業者からの妨害工作!?」

「いや、単に保管場所が満杯だとよ。丸太ってのは乾かさなきゃ木材にならねぇんだよ」

「あー……」

そういや3回目には丸太納品所の職員さん、ひきつった笑顔だったなぁ……ハイ、すみませんでした。

「専業の木こり達からも俺らの成果に悲鳴が上がっててな。これ以上はそいつらの仕事を奪うことになっちまう。……ま、この町で冒険者続けるなら恨まれるよりは別の稼ぎを探した方が良いぞ」

「むむむ」

さすがの木材も、値崩れを起こしかねないそうな。マジでやりすぎたな私。先輩の交渉の結果、暫くは専業木こりのみ受付、ってことでなんとか収まったそうな。

「で、最低でも1ヶ月、できれば半年は受けない方が良いってよ」

「うぉぉ……」

魔法を併用するため、地球では半年から1年ほどかかる丸太の乾燥もその位で済むらしい。だけど、さすがに今日明日に乾燥完了とは行かない。つまり、その間は木こりするなってことだね、分かりました。


まぁできないなら仕方ない。次の仕事を探すまでだ。

現在の所持金は銀貨75枚ほど。生活費を差っ引いて考えると、奴隷ちゃんを買うためにあと銀貨30枚、つまり大銀貨3枚は欲しい所存。うーん、どうしよう。いっそ大銀貨を複製……ってダメダメ。それは最後の手段だっての。

「先輩、実入りのいい仕事のアテってあります?」

「さすがにこれほど実入りのいい仕事はねぇなぁ……」

俺らの方の収入だけ見ても相当だぞ、とつぶやく先輩。

「ここは冒険者ギルドの相談窓口を利用しよう。なぁソフィ、なんかいい稼ぎの仕事はあるか？」

受付嬢さんに尋ねると、「そうですねぇ」と書類をパラパラとめくり首を横に振った。

「うーん、さすがに今回の木こり依頼と同程度に稼ぐのは……少なくともカリーナさんのランクでは無理です。……かといってFランクのカリーナさんにAランク依頼を任せるわけにもいきませんし」

「ですよねー」

「あ。ですが稼ぐとなったら、商人ギルドでしょうか？　商人であれば、買い物も少し安くなりますし。大量に買えば、ですが」

それは単に大量購入による値引きみたいな感じでは？　まぁ時間停止の収納空間もあるし、食べ物を買っても腐らせない利点はデカいけど。

「丁度いいじゃねぇかカリーナ。お前、商人になりたいとか言ってただろ」

「む、それはそうだった」

そもそも私がお金の複製をしないのも、商人となった時のことを考えて道を踏み外さないように、みたいな感じだった気もする。多分、きっと。忘れかけてたけど。

「じゃあちょっくら商人になってこようかな。あ、加入金いくらだっけ、お金下ろさなきゃね」

「商人ギルドとは提携してるので、あちらで冒険者ギルド証を提示すれば大丈夫ですよ」

行商人兼冒険者の人が結構な人数いて、口座を使いまわせるらしい。そりゃ便利だな。

商人ギルド加入金は確か銀貨25枚。奴隷ちゃんの購入から遠ざかっちゃうけどこれはしかたない。2歩下がっても3歩進めば結果オーライなのだ。

そうだ、せっかくお金稼いだんだし、さらにもう1歩下がってハルミカヅチお姉様に会いに行くのはアリだろうか？

「先輩。シュンライ亭の飲み代って銀貨何枚くらいあればいいんすかね？」

「ん？　なんだ、ハル姐さんに会いに行くのか？……また身ぐるみ剥がれないように気をつけろよ？」

「そだ。なんなら先輩達の分も奢るっすよ、お礼に？」

「バカ言え、商人になるなら無駄遣いしてんじゃねぇ。つか、お礼ってなんのだよ。あったとしても木こりの稼ぎ分、むしろ俺らが礼しなきゃなんねぇよ」

「そうだな。なんなら後々行商の護衛依頼とかで俺たちを指名してくれればいい」

「ま、カリーナちゃんには必要ないかもだけどね」

なんと、先輩達ってば男前……！

「ま、商人の世界は俺らほど優しくねぇって聞くからな。せいぜい変なやつに絡まれないよう気をつけろよ。……カリーナなら大丈夫だろうけど」

「おっ。知ってます？　それフラグっていうんですよ」

「ふ、フラグ？　いや分かんねぇな」

これはおそらく商人になったら詐欺師みたいな人と会うフラグに違いない！　というかすでにあの奴隷商がだいぶ怪しい気がする。気を引き締めなきゃね！

ま、たとえ騙されて金を奪われても空間魔法で何とかなるし、実際大丈夫だけど！

「あ。困ったことがあったら姐さんに相談したらいいんじゃねぇか？　店のオーナーってことは商人ギルド入ってるはずだしよ」

「言われてみれば！」

これはますますハルミカヅチお姉様に会いに行かねば!!

私は先輩達に別れを告げて、浮き立ってシュンライ亭へと繰り出した。

＊＊＊

シュンライ亭1階。バーカウンター席にて、お姉さまと私。

本当だったら2階へ連れ込みたかったんだけど、今日は気分じゃないとお断りされてしまっている。あーん残念！　それでも「一緒に飲んで話をするくらいならいいよ」ということで、カウンター席で飲むことになったのである。

従業員のお姉さん達に指示を出し、私に琥珀《こはく》色のお酒が入ったグラスを差し出すハルミカヅチお姉様。チリンとグラスをぶつけて小さな乾杯をした。

「てっきりウチで働きに来たのかと思ったけど、きちんと稼いで飲みに来るとはやるじゃないか。とはいえ、暗い金じゃあないだろうね？」

「ちゃんとしたお金ですよ！　先輩達と魔法でちょいちょいっと木を切ってきたんです」

「ほぉー、魔法で木こりねぇ」

感心してか耳がピコピコと動くお姉さま。えへへ、一杯褒めてくれていいのよ？

「そんで商人ギルドに所属するにあたって色々お聞きしておこうかと」

「ん？　商人になるのかい？　このままブレイド達と木こりで稼ぐんじゃなくて？」

「やりすぎてギルドから止められちゃって。まぁ元々行商人とかにでもなろうかと思ってたんですよね。特技を生かして」

「確かにそんな凄い魔法が使えるなら、行商も楽だろうねぇ」

ええ、なにせ転移までできますからね。そこまでは言わないけど。

「けど、ウチはそういう相談所じゃあないんだけど？」

「そこを何とか！　相談できるのがハルミカヅチお姉様しかいないんです！」

「……ったく、仕方ないねぇ。女一人でウチに飲みに来た心意気を買って、少し相談にのってあげるよ」

やったぜ！　姐さん優しい！

「例えば行商で何を取り扱ったらいいかとか、そういう相談ですね」

「で、何が聞きたいんだい？」

「ンなもん、ギルドの連中に聞けば一発さ。行商して欲しい、足りない商品をわんさと教えてくれるはずさね。本当に利益のいい商品は教えてもらえないだろうけど、大きいハズレや取引拒否されるような商品も教えないはずさ」

取引拒否。そういうのもあるのか。

「むしろ最初のウチはギルドで聞いた商品だけ取り扱うのが安全だし、たとえ一時的には多少損でも先人達に手土産を渡す感覚で一度はやっとくといい。信頼を買えるから後々得になるし、大損するような商品を平気で勧めるやつは早めに切っちまいな」

「なるほど」

大損しても規模の小さい行商人のうちにそういう輩《やから》を見つけられてラッキーだったね、ということか。ま、現状の元手は木こり一日で稼げる程度だもんな。リカバリーもそれほど難しくはないはずだ。

「それと……そうだね。行商をするなら注意しておくけど、こういう割れ物は避けた方が良い」

と、お姉様はお酒を――いや、お酒の入ったグラスを指して言った。

「そっか割れたら価値がガタ落ちしますもんねぇ」

でも私には空間魔法がある。収納空間にしまっておけば割れることは絶対にない。逆に、そういうのの方が稼ぎやすくて狙い目かもしれない。

「……ん?」

そういえばこの世界、ちゃんとグラス――ガラスのコップがあるんだなぁ。と今更ながらに気付く。前来たときは木のコップで飲んだような。あ、でもポーション瓶とかは確かにガラスだったっけ。ならあるのか。

「おや、今更気付いたのかい。一応、アンタを歓迎してやってるってことだよ」

「お、おぉ……」

ちょっと感動した。

「ま、べろんべろんに酔っぱらった客には危なっかしくて出せないってのもあるけどね」

「ああ……前回はまさにそうでした。ハイ」

先輩の奢りでつい飲みすぎてたんだっけなーあはは。

「ちなみにこの町の中で手っ取り早く稼ぎたい場合はどうしたらいいですかね?」

「身体を売るのが一番手っ取り早いし確実だね。アタシはそうしてここまで店をデカくしたわけだし」

なるほど、お姉様の実体験。でも私、さすがに男と寝る趣味はないんだよなぁ。

「売る物がないなら身体張って稼ぐしかないだろ。商人なのに商品がないとは笑い話にもなりゃしないね」

「うーん。確かに商品がないんじゃ商売はできないもんなぁ……あ、いやまてよ？」

売り物がないなら、作ればいい。

先日作ったお布団のように、空間魔法で商品を作れば稼げるんじゃなかろうか！

そうだよ、今日木こりした時に余分な丸太や薬草、ついでに魔石も私が貰っておいたんだよね。ポーションだって売り物にできるんじゃないか？

「物を作って売ればいいのか。あれ？　でもそうなると商人っていうより職人？　職人ギルド所属の方が良いのかな、あるかどうか知らないけど」

「作って売るのも、それなりにやるなら工房の親方が商人ギルドに所属してないとダメだったはずだね」

「あ、じゃあ結局商人ギルド所属でいいのか、そっか」

カリーナ工房のカリーナ親方だ。

「よし、方針も決まったし、今日は飲むぞー！」

私はお酒の入ったジョッキをくいっと傾けた。こっちの世界のお酒は、ぬるいしアルコール度数が低いけど、ほんのり甘い感じがして私好みではあるんだよなぁ。

「おっと、今日のとこはその1杯で止めときな。また記憶飛ばしちまうだろ、折角色々教えてやったのに忘れられたら勿体ない」

「ふぇ？　あー、たしかに……」

「それに商人ギルドに加入するなら元手はしっかりとっときな。アタシは容赦なく毟《むし》り取るよ？」

毟り取る、って。そう言いながら止めるんだ？

その優しさMAXのセリフに、私は苦笑せざるを得なかった。

結局1杯のお酒と軽食を食べて、私はシュンライ亭を後にし、お家に帰ることにした。

収納空間に入るところを人に見られるのも何なので私は路地裏の人気のないところへとフラフラ歩いていく。あー、1杯だけだけどちょっと酒効いてるわぁ。この身体、若くてお酒の耐性も大分低いんだなぁ……ひっく。

「お嬢ちゃん、ここは通行止めだぜ」

ん？　あ、お嬢ちゃんって私か。私は声を掛けてきた男に「おっと、失礼したね」と軽く頭を下げ引き返す。

すると、別の男が私の前を塞いできた。

「こっちは一方通行だ。通行料払ってもらわないと通れないぜ」

「おんや？　そうなの？」

１８０度振り返る。あれ、こっちも通行止めだな。んんー。

「……一本道でこれだったら、私はどこへ行けばいいのさ？」

「さぁて、どこだろうな。天国にいかせてやろうか？」

「あー、天国。そっかそっか、上ね。おっけ。んじゃお邪魔したね」

私は空間魔法で自身を持ち上げ、上空へと飛び上がった。

あっ！　そういや空なら誰にも見られないじゃん！　大発見！

……と、ソラシドーレの町上空にて収納空間に入り、一晩明かすのであった。ひっく。

＊　＊　＊

朝起きて収納空間から外に出たら足場がなかった。

起床して「あーよく寝たー」と外を覗いたら上空。マジかよあっぶね。うっかり危うく落下死するところだったわ！　びっくりね！


そして今更ながら、昨日のはよくよく考えたらよくてナンパ、多分カツアゲ、悪くて人《ひと》攫《さら》いとかだったんじゃなかろうか。いやぁ、平和ボケしてるわ私。記憶こそ飛ばさなかったけど十分酔っぱらってた模様。お酒、マジで気をつけなきゃ。

「てか、普通に夜中に女の子が一人で路地裏なんて行くもんじゃないね」

むしろ女性が夜中に一人で「ちょっとコンビニまで」と歩いて出かけられる前世日本が治安良すぎたのかもしれない。私は男だったけど。


「あーあ、もう昼じゃん。寝過ぎたかな……」

空中に浮かびながら、ぐっぐっと伸びをする。収納空間の中は温度や湿度が自在だから時間が分からなくなるのはどうにかならないもんかねぇ。今度神様に聞いてみようかな。

とはいえ、寝坊したところで何が悪いかというと、何も悪くないのだ。飢えない程度に貯えもあり、寝すぎたところで誰が文句言うわけでもない。これってつまり自由気ままなスローライフってやつでは？

いいじゃん。これぞ異世界チートライフってなもんよ。

「よし、それじゃこれから商人ギルドに行ってくるかな！」

こうやって行き当たりばったり気楽に予定を決めてもいい。なんて自由なんだ。素晴らしい。

私は、空から人通りのない細道に転移。商人ギルドへ向かった。


ソラシドーレ初日以来の商人ギルドで、今度は身分証とお金がちゃんと揃っている。

「冒険者ギルドの身分証です」

「お預かりいたします。…………確認がとれました。提携口座から銀貨25枚引き落としでよろしいですね？」

「はい！」

かくして、私は商人ギルドへ加入した。これで今日から私も商人だ！　屋号はショーニンにした。普通の平民だと苗字は付けないけど、商人は屋号を苗字のように名乗るらしいのでこれで今後はカリーナ・ショーニンと名乗ることもできるぞ。フフフ。

「取扱商品はどのように登録しますか？」

「え？　あー、なんだろう。適当に頼まれたらなんでも、とか？　色々案はあるんですけど。こう、作って売る感じとか。あと旅しながら行商するとか？」

「それであれば、雑貨としておきましょうか。冒険者のついでに行商というタイプもこちらですし。ただ、一部の品は規制がかかっていますが」

「規制？」

説明を受けると、取扱商品が雑貨の場合は『武具や塩等の戦略物資に相当する物』、『奴隷』、『希少生物、危険生物』等、取り扱いができない代物というのがあるそうだ。かといってこれらは申請すれば自由に取り扱える代物ではなく、別途ギルドへの貢献度を積み上げ、講習を受けて免許を取得する必要があるとか。

その上、許可が出る数も制限されているので基本的には親から子へ受け継がれていくような形らしい。

「武器や塩、酒等でも、少量であればお目こぼしできると思います。が、個人取引レベルを超えてしまうと諸々罰金、罰則が科せられたりしますのでご注意を」

知り合いのパーティーに頼まれて装備1セット分、くらいであればお目こぼしされるが、大々的に一般に向けて売り出したりすると捕まるらしい。そりゃそうだ。

薬は広く普及しているポーション等は大丈夫だが、ある程度効果が強い毒物等は武器に含まれるため罰せられる。

こういった許可の要る品、ご禁制の品を知らずに取り扱ってしまうと逮捕案件だそうな。

「知らなくてもアウトかぁ」

「はい。なので、見慣れぬ商品や怪しそうな商品を仕入れてしまった場合は商人ギルドに確認をした方が良いかと」

没収されるかもしれないが、知らずに取引して罰せられるよりはマシか。


「最初は特にある程度広く浅く商品を取り扱うことをおススメします」

「はい、ありがとうございます！　ついでに、行商におススメの品と場所なんかはありますか？」

「そうですね、ではあちらのラウンジで情報交換等されてはいかがでしょう。行商人の方が集まっていますので」

商人ギルドの受付嬢さんが指した先には、ラウンジがあった。バー付き。冒険者ギルドの方は賑《にぎ》やかな食事処っぽかったが、こちらはオシャレなバーといった印象だ。商談をするならこっちの方が向いているな。

ここにはたまに店持ちの商人もくるが、大体は行商人らしい。なるほど、先輩商人に話を聞ける場が商人ギルドに用意されてるとはありがたい。

で、私がラウンジに向かうと、スッと静かに視線が集まった。主に胸に。

お前ら、バレてんぞ。

「やぁ、話は聞こえてたけど、行商だって？　おススメがあるんだけど、聞く？」
おおっと、チャラそうな男！　冒険者、特にブレイド先輩と比べると明らかにヒョロい
その男は、私のおっぱいにチラチラ視線を向けつつグラスを片手に話しかけてきた。お高いガラスのコップだ。さすが商人ギルドだぜ。
……よし、ここはあえてぶりっ子風に聞いて情報を引き出してみよう！

「えー、おススメって、なんですかぁー？　教えてください、セ、ン、パ、イ？」

そして前屈《まえかが》み&上目遣い！　谷間を強調！　突き刺さる視線！　フフッ、我ながらあざといぜこのポーズはよぉ！　ちょっと鳥肌立つけど！

「おぉ……あ、お、おススメね。おススメってのは魔石だよ。錬金王国に持っていけば高く買い取ってくれる。そしてあちらでは魔道具、ポーションを仕入れてくればこちらで高く売れる。これを繰り返せば、絶対に損することはないのさ」

「アッハイ、ソッスカ」

でもその国、滅んだんですよねー。

情報が古い。いや、この世界だとこれくらいで普通なんだろうか。ちょっと確認してみよう。

「あのぉー？　錬金王国が滅んだ、なんて噂を聞いたんですけどぉー」

「ハハハ、噂でしょ？　国がそう簡単に滅ぶわけないじゃないか。ましてやあの人類最強の一角、混沌神の治める錬金王国だよ？」

「アー、ウン。ソダネー」

よし、コイツから得るものはなにもなさそうだ！　ターゲット変更！

できれば女商人でもいたらいいんだけど……おっ、カウンターで飲んでる可愛い子発見！　一見年下。しかしその手に持ってるグラスは間違いなくお酒！

つまり合法ロリ――ドワーフさんと見た！　ハーフドワーフがいるなら普通のドワーフさんだっているのは確定！　お酒、幼女、つまりはドワーフ！（偏見）

私は男を振り切って、合法ロリの下へと向かう。くるんと天パなカワイイ赤い髪に、くりっとした緑のお目目。両手でグラスを持って可愛らしくお酒を飲んでいる。なんだろ、ワインかな。

「あのー、ちょっといいですかー？」

「ん？　なによぉ？　酒の邪魔しないでよねぇ」

ギロ、と睨まれるがここは踏ん張りどころだ。気にせず話しかける。

「私、さっき商人になりたての新人でして。女性の先輩をお見かけしたので是が非でもご挨拶しておこうかと。あ、一杯奢らせてください」

「おぉ！　見る目あるじゃーん！　子供がお酒のんじゃいけませーん、とかいうバカがいるんだよぉ。私ドワーフだっつーのぉ、ねー？」

奢ると言うや否や上機嫌になる。やはりドワーフ、お酒が大好き。

「女商人の先輩であるあなたに是非色々ご教授いただきたいなって」

「うんうん。さっきいきなり男に色仕掛けした時はなんだコイツぅって思ったけどぉ、良いやつじゃん。いいよいいよぉ、お酒の分だけ教えてあげるぅ」

よっしゃ、私は大銅貨１枚を取り出してパチンとカウンターに置く。マスター、これで先輩に１杯頼むぜ。

「まずは先輩の名前教えてください。私はカリーナです」

「よろしくカリーナ。私はサティ。本名は長いから愛称でいいよぉ」

そう言ってサティと握手する。あっ、手がちっちゃい。温かくて柔らかい。これホントに成人してんの？　見た目だけで言ったらギリ中学生だよこんなん。マジ可愛いんですけど。サティたんって呼びたくなる。

「私は各地のお酒仕入れて売ってる商人だからぁ、お酒欲しかったら声かけてぇ」

「へー、お酒ってたしか許可制でしたよね」

「そーなのぉ。めっちゃ頑張ったぁー」

ドワーフの酒売り。うーん、それらしい！

「まぁカリーナも飲みなってぇ。私からも奢っちゃげるよぉ」

「あ、はい。あ、いやでも酔っちゃうと私ちょっとアレでして」

「なんだい、私の酒が飲めないってぇ!?」

「いただきますとも！」

あ、しまった。これまた記憶飛ぶやつ。そう思ったときには、サティたんは私にお酒を注いでいた。幼女からのアルハラ。ご褒美でしょうか？

＊＊＊

というわけで今日もまた記憶がすっ飛びましたので現状確認と参りましょう。

えーっと、ここは宿の一室かな？　散乱した衣類に、可愛らしく「くぴー」といびきを立ててるドワーフのサティたん。そしてこの、お互いラフなキャミソール姿よ。

うん。

やっちまったなぁ!!

サティたん起きた!

「ふぁっ、あー……あぁ?」

「……おはよぉ」

「お、オハヨウゴザイマス。サティさん」

「サティたん、でしょぉ? 私とカリカリの仲じゃんかぁ。いやー、昨日は楽しかったねえ。つい飲みすぎちゃったよぉ」

サティたん、カリカリ!? 何それ超仲良しじゃん!!

「すみませんサティたん。私、記憶が飛んでます。どうなりました?」

「え!? あー、そういうタイプかぁ。勿体ないなー。ま、私は楽しませてもらったけどぉ」

にしし、とイタズラっぽく笑うサティたん。メスガキ属性か!? メスガキ属性なのか!?

「カリカリは酔ってる間に奴隷契約結ばされないように気を付けた方がいいねぇ」

「何があったんですかーー!?」

「いやぁ、部屋飲みしよーって誘ったのは私だけどさぁ。突然脱ぎだしたときにはビックリしたよー。あとちゅーされた」

うわぁぁあああ！　やっぱりやらかしてる!!　ここはサティたんのお宿！　そしてお持ち帰りされてる私!!　いや襲ったのが私か!?

「それにあとは、えーっとねぇ……お口で脱がすのが得意なのーって言って、そこから（ごにょごにょ）……で、それから下着まで全部」

「口で!?　うわぁ、その。ごめんなさい……」

「その口でちゅーされた私……んーん、気にしないでぇ。飲ませた私も悪いのよぉ」

お酒でタガが外れた私、もしかして神様と同レベルの変態になってるのではなかろうか。

ほんとお酒怖い。記憶が一切ないのもヤバいよなぁ。

「旅してると酔った勢いで押し倒されるのもよくあることだしぃ、ちゅーくらい挨拶よ挨拶ぅ。ま、押し倒してきた相手には高値で商品売りつけたりするけど」

「ん？　サティたん。私のリュックがパンパンになってるんですけどあの中身って」

「うん、昨日カリカリが私から買ったお酒だよぉ？　一杯買ってくれたから私も大満足だよぉ。大好きだよぉ？」

そう言ってサティたんが近寄ってきて、ほっぺにちゅっとされる私。うわ、うわわっ、ちゅーされた！　柔らかかった！　やべぇ、顔真っ赤になってるよ私！

「へぇー、酔ってないとそうなるんだぁ。カリカリってばホント可愛いねぇ」

しかも優しく頭をナデナデ。ちっちゃなおててが私を撫でてる！　手玉に、手玉に取られちゃうぅ……っ！


「なんかその、その……すみません……ッ」

「ホントだよぉ。色々初めての扉あけちゃったぁ……てゆーか、私の靴下返してくれないかなぁ？　どこに隠したのぉ？」

ハッ、と私は自分の収納空間にボロ布――ではなく靴下が仕舞われていることに気が付いた。……しかも保存空間を分けてバッチリ時間停止されている！　なんて手際が良いんだ!?　っていうか空間を分けて時間停止もできたの!?　すげーなオイ！

これはこのまま納品しろという神のお告げに違いない。

私はその靴下《オリジナル》はそのままに、複製し、あたかも胸の谷間から取り出しましたよと靴下をずるずるっと引き出した。

「あー、すみません。なんかこんなとこに入ってまし、うわ臭」

「ちょっとぉ!?　それは言わないでよぉ!?　無理矢理脱がしといてからにぃ！　昨日は大喜びだったくせにぃ！」

赤面で、少し涙目になって訴えてくるサティたん。これはもう神様の大好物確保ですよねえ。間違いない。……むしろ手際よすぎたのと相まって神様が憑依《ひょうい》してきてる疑惑もあるな？

「うぐぐ、谷間って、谷間ってぇ……ドワーフはその辺ちっちゃいのが普通だから悔しくないしぃ。てかぁ、めっちゃ探したんだけどなぁそこ。まぁちゃんと返してもらえてなによりだよぉ。洗浄、洗浄、洗浄……」

「ごめんなさいサティたん……！」

思わず臭いと言ってしまったからか、念を入れて洗浄魔法を掛けるサティたん。いや、うん、そこまで臭くはなかったけど、ツンとした臭いについ……むしろ濃厚で美味しそう、とか思ってしまったのは絶対この身体のせいだ。おのれ神様。

そしてホントごめんサティたん！　私、神様に靴下納品しないといけないの!!　コピー品を納品するのはダメだけど、コピー元を納品するのはアリのはずなの!!

「ちょっと、胸に私の足のニオイ沁みついてなぁい？　ちゃんと洗浄してよぉ？……かゆくなっても知らないからねぇ？」

「え、まさか水虫持ちですか？」

「ミズムシ？　なにそれ、ヒルか何か？　いや、臭いのがムレるじゃん？」

んん？　まさかこの世界には、水虫菌が存在していない……!?

……神様が徹底的に消した可能性あるなコレ！

まぁ水虫にならないならむしろ良し！

行商人的にありがたいことこの上なし!!　まぁ私は空間魔法あるけど。蒸れないよう靴の中の通気性よくするとかできるけど。

ともあれ、サティたんはもう行商で次の町に向かうとかなんとかで、宿を引き払うことになった。私も一緒に宿を出る。サティたんは近くに馬車と馬車鳥（飛ばない大鳥で、馬車を引くのに適しているらしい）を預けているらしく、お別れとなった。

「また飲もうねぇ。次は靴下脱がさせないからねぇ？」

「あははー、またねーサティたん！」

「またお酒も買ってねぇ～」

「それはこりごりだよぉ！」

ちっちゃくて、したたかだったなぁ……っていうかなんだよもー、商業ギルド証はギルド証同士である程度の口座内のお金をやり取りできるって。

電子決済的な機能ついてるのすげーな異世界。おかげで残高がガッツリ減ったっぽい。残高は銀貨にして20枚。銀貨30枚分のお酒を買わされ&飲まされてしまった。

……でも一応それなりに良心的なお値段だし、個人取引レベルでちょいちょい全部売ればちゃんと儲けが出る程度には手加減してくれたらしいんだけども！（ただし纏めて売るなら酒取引免許のある酒屋さん相手じゃないと処罰対象）

まぁ授業料ってことで受け入れよう。一応、サティたんには色々と行商人のイロハを教えてもらえたし。お酒で結構な記憶が飛んでるけど。

とりあえずリュックが重いから酒瓶達は中身だけ一時的に収納空間へ移動させておく。ちゃんと瓶と中身を紐づけして正確に戻せるようにしておくのも忘れずに……あれ、よく考えたらこれ、ハルミカヅチお姉様がやめとけって言ってた割れ物だな。

まぁいいか、空間魔法あるし。サティたん可愛かったし。

……あ。サティたんとの思い出に浸りたいから、靴下の納品は2、3日くらい後回しにしていいかな？　うん、時間停止の収納空間があるし大丈夫だろう。

さて、それで手っ取り早い儲け話についてベテラン行商人のサティたんにも聞いてみたんだけど、基本的には『そんなものはない』らしい。サティたんが知っている『手っ取り早い儲け話』でも「どこぞの町に行ってアレコレを仕入れてあっちの町で売る」といったレベルの話になる。

ただし、行商人の基礎として『あまりかさばらない単価の高い商品を仕入れて、もっと高く売る』というのと、『材料を職人に卸し、商品を作らせてそれを売りさばく』という方法で効率よくお金を稼ぐことはできるんだとか。

つまり「ポーションの材料を錬金王国に売りに行き、ポーションを仕入れてくる」というのがこの町での行商人の定番……らしかったんだけど、うん。錬金王国、滅ぼしちゃったしなぁ。

だからポーションはさておき、自分で高く売れる商品を作って売り捌《さば》くのが一番手っ取り早いと見た。というかそのために商人になったようなもんだし！　なにせ私には前世の知識——日本という異文化の商品知識がある！　新商品開発だって楽勝に決まってる！

これは勝ったな。約束された勝利しか見えない。

よーし、作るぞー！　売れる商品!!　私の日本知識無双を見せる時が来た!!

＊　＊　＊

問題を解決するために、まず大事なのは分析である。

例えば、体調不良の人間がいたとしよう。この場合の問題は「不調である」ということだ。ではここに分析も何もせずカゼ薬を処方したらどうなるか。

その病気が食べ過ぎによる腹痛だったら全くの見当違いである。

食べ過ぎであれば処方すべきは胃薬だ。このように、原因をしっかり把握していなければ折角の対処が『見当違いの行動でただの無駄』になってしまうことがある。だから、問題を素早く解決するにはきちんと原因まで分析しなければいけない。

そして、この分析についても『どの程度効果があるか』を意識する必要がある。

今回私が抱える問題なんかは特にそうだ。私は『手っ取り早くお金を稼ぎたい』が、そのために売り出す商品が『おにぎり』だったとしよう。

1つを銅貨1枚で作り、銅貨2枚で売るとする。すると金貨1枚を稼ぐためにはおにぎりを1万個作って売らないといけない。

全然手っ取り早くない。

しかも仮に1万個売れた後、大人気で「今後も売ってくれ！」となったら目標金額を超えても更に作る羽目になる。やだ。そんな働きたくない。私は手っ取り早くお金を稼ぎたいのだ。本当に一番手っ取り早い方法は『お金を複製すること』だがそれは禁じ手。だからそれを踏まえると『単価の高い商品を、お金持ちに売る』のが一番良いという答えが得られる。

たとえ金貨1枚で売れる商品を作っても、金貨1枚を持っていない相手はこれを買えないわけだからね。

私が知っていて面識のある金持ちの知り合いといえば――奴隷商のやつかな。あいつなら確実に金貨1枚は持ってるだろう。なんなら奴隷払いでも可。むしろ手っ取り早い。

「さて、奴隷商のやつが欲しがる商品とはなんだろうか？」

……そういや花がお気に入りだって言ってたな。じゃあ、珍しい花でも用意してやれば買うだろうか？　でもこの世界の珍しい花なんて知らんぞ私は。うーん。

いやまて。別に花だけに限らなくてもいいんだよ。奴隷商が喜んで金貨1枚払いたくなるような商品であれば。そうだ。香水なんて良いんじゃないか？　奴隷商のやつ花っていうより香りを強調してたし。香水なら嗜好品なわけだし、金貨1枚とかしてもおかしくないよな！

「って、香水ってどうやって作るんだろ」

香水……たしか精油ってのを作るんだっけ？　沢山の花びらからほんの僅かしか取れないやつを。で、それはどうやって、しかもそこからどうするんだろう。分からん。前世で香水なんて作ろうと考えたこともないし。

うーん。現代日本知識無双をするには私の知識が不足しているようだ。

ポーションの作り方なら買った本で分かるところなんだけど。

「とりあえず、香りいいポーションとか作ってみるかな。それを香水にできるかもしれないし」

ポーションの基本素材は先日木こりのついでに入手したので作ってみることにした。足りなければパパッと行ってとってくればいいいし。ポーションなら錬金王国で仕入れたと言えば普通に売れるだろうし。

というわけで、収納空間の拠点にてポーション作りを開始。

ポーションの作り方は、ざっくり以下の通りだ。

手順1、薬草をすり潰して汁を搾る。

手順2、魔法をかけながら鍋で煮る。（※ポーション鍋を使用する）

手順3、2で作ったポーションベースに更に素材を混ぜて煮出して完成。

手順3で煮出す素材によって、各種ポーションに派生する。本来素材そのままではあまり効率的に摂取できない素材の成分を、ポーションベースを介することで効率よく摂取できるようにした、というのがポーションだ。

薬草自体も何種類かあって素材との相性は多少あるものの、概ね同じようにポーションベースとして働いてくれるらしい。ま、私が森で見つけた薬草は1種類だけだったからあまり気にする必要はなさそうだ。

「とりあえずなんでもいいからポーションベースでダシを取ればいい、と。薬草の汁を搾るのが面倒くさいけど……空間魔法使えばいいか」

本当はすり鉢とかでゴリゴリ潰したものを布で漉《こ》して汁を搾るようだけど、私はそんな面倒なことはしたくない。なので、空間魔法で薬草を細かく切断し、実質すり潰したのを同じ状態にしたうえでギュッと圧力をかけ、にじみ出てきた水分を鍋に集める。

「少なっ！」

薬草1本で1滴じゃん。えー、これ鍋一杯にするのにどんだけ薬草要るんだよ。

「……薬草の採取は自分でやったし、その気になれば空間魔法で山に行っていくらでも採ってくることができる。これはコピーしても良い案件！」

というわけで、今回は実験ということもあり、その1滴の薬草汁を複製に複製を重ねて小さな鍋一杯にした。うーん、草汁が青臭い。青汁だコレ。

「えーっと、そんでこの青汁をポーション鍋に魔力流しつつ煮る、と」

火が必要だ。ということで、空気を超圧縮して森で拾ってきた枯れ枝に火をつける。ファイアピストン。空気を超圧縮すると運動エネルギーが増えて高温になるというさりげない現代知識活用だ。本来は綿みたいな火の付きやすいものを火口《ほくち》とするんだけど、空間魔法なら直接枝に火をつけるほどの高温を作るのもワケないのだ。

「じっくりコトコト煮込む……」

追加で枯れ枝を火にくべて、ポーション鍋にも魔力を……どのくらい流せばいいんだろ。とりあえず軽く流してみるか。

……

めっちゃ光ってる。分量間違えたかな……それともこれで正常なのかな。

教本は何も教えてくれない……！

「お、青くなった。……随分色が濃いけど、教本には『青』としか書いてないし……これでいいだろ。うん」

ま、失敗してたとしてもまた薬草を持ってきて試せばいいだけだ。今はこれで突き進んでしまおう。これでポーションベースはできたものとする。

手順3に移ろう。

魔石を砕いて入れたらマナポーションになるらしいから、木こりの時に手に入れたゴブリンの魔石を空間魔法で粉砕して入れてみる。

「……より青くなるらしいんだけど、全然変わらないな？」

これは魔石が足りてないと見た。まだゴブリンの魔石は残ってるけど、どれだけ必要になるか分からない。薬草同様に複製して入れていこう。

「ひとーつ、ふたーつ、みっつ……まだまだ足りないのか？　いやそもそも現状凄く濃い青なんだけど、もっと青くなるってどうなんだ？」

　よく分からないので煮詰めながら減った水分の分魔石を追加していく。20個分も入れたところで鍋の中身の半分くらいが魔石粉になっている気がする。うん、これはなんか違うな？　なんか紫になってきたし。薄々違う気がしてたんだよ。

「えーっと。と、とりあえずこのくらいで完成？　ってことで？」

とりあえず中のポーションを空間魔法で持ち上げてみる。……うーん、透かして見ても紫の液体だ。毒じゃない、よな？　少しだけ、ちょろっと舐《な》めてみる。

「……んー、うん。ちょっぴり魔力が回復してる、かな？」

魔石1個の複製分にも満たないけど、一応回復してるから……一応成功？　でも品質が良くないと。

「なにがマズかったんだろう……」

私はポーション瓶に手作りポーションを詰めてみた。やはりアメジストを彷彿とさせる濃い紫色のポーションだ。

　本当ならマナポーションだから透き通る青色になるって書いてあるんだけど。

「うーん、なにはともあれ、この回復量の少なさはうまく魔力を抽出できなかったのが原因かな……あ、いやまてよ？」

私はふと思い立って、別の本を取り出す。神様から貰った基本的知識本だ。

「ポーションの作り方、載ってるかな？」

パラパラと本がめくれる。お、あったあった。どれどれ……

「おお！　色までちゃんと載ってる！　これは凄い！」

神様から貰った本は、フルカラー印刷だった。マナポーション、わー綺麗な青色。……うん、明らかに作ろうとしていたマナポーションの色じゃねぇやこれ。紫とか腐ってんのかな。

ちなみに傷を治すヒールポーションは緑色になるらしい。他にも上級ポーションとかがあるらしいが、そちらは詳しく載っていなかった。

基本的知識本としては、基本知識にあたる部分までしか載っていないのだ。残念！

「……うーん、でもやっぱり色が違うし、失敗か」

一旦ポーションを収納空間にしまう。ポーション専用の空間を作って残っていた鍋の中身も入れておいた。

空間魔法で鍋も洗う必要がないほど綺麗に分離したので、次のポーション作成を試してみようと思う。なに、最初からうまくいくなんて考えてなかったからね！

「まぁ失敗だったけど一応それっぽいものはできたわけだし、大体の作り方はあってるはずだ」

そう。私が今作りたいのはポーションではない、香水だ。

だから次が本番！　香水代わりになりそうな、いい香りのするポーションを作るぞ！

魔石の代わりに良い香りのモノを……えーっと、リンゴでいいかな？　錬金王国の山で手に入れたやつ。甘い匂いになりそうだ。

というわけでリンゴ100個分の果汁を薬草汁と煮詰めたらできたのがこの透き通る黄色いポーションだ。……黄色ってなんのポーションだ？　匂いはとても甘く、実際舐めてみても甘いし少し元気が出る気がする。香りは狙い通りの甘い香りがたっぷりだ。

「……うーん、塗ってみても乾かしてベタつかない。甘味を感じるのに不思議な感じ」

ポーションベース？　が上手いこと作用しているんだろうか。これ、香水と言い張れるだろうか？……お部屋の芳香剤の方が良いか？　何も言わず良い匂いの水として売りつけてしまおうかなぁ。

ポーション瓶に入れておく。色は綺麗だね。

売り物はできた。

鍋の中身を綺麗に収納し、あと1本残った空のポーション瓶を見る。

……折角だし、普通のポーションも作ってみたいなぁ。

「よーし、試してみるか！　目指せマナポーション！」


——かくして、半日がかりでようやく完成したのがこの青く澄んだポーションである。

「色は……よし、完全にマナポーションの色だな！」

煮込むのに薬草汁だけじゃなくて水を使ったら綺麗な色になったのである。ただ気になる点としては、水を入れた分薄いということだ。……これ、本当にマナポーションなんだろうか。

ポーション瓶に入れて眺めてみる。……綺麗な澄んだ青だ。ではいざ、実食！

「んくっ、苦い……んん？　んー……」

思っていた通り、全然回復している気がしなかった。

やっぱり水で薄め過ぎたのだろうか。鍋1杯の水に薬草の葉っぱ3枚だもんなぁ。ゴブリンの魔石も1つしか使ってないし。

「……まぁ、色は綺麗だし、飾りとしてはいいかな」

ポーション瓶に青いポーションを詰め直し、残りを収納空間にしまっておく。

ついでに、他にも試作ポーションが山ほどできたが、これも収納空間の中に入っている。

今日はもう遅いし、このくらいにしておくか。明日奴隷商に行って売りつけよっと。

#Side奴隷商バレイアス

「何ぃ!?　見失っただと!?」

「す、すんません旦那ぁ！」

俺様はこの町の奴隷商、バレイアス。目をつけていた獲物、カリーナが突然姿をくらましたらしい。カリーナを付けさせていたこのチンピラ曰く、冒険者と稼いだ金でキツネ獣人の店に行って飲んだ後、空に飛びあがって消えたそうだ。

ふざけんな！　何が「空に飛びあがって消えた」だぁ!?　単にお前が見失ったのをしょうもない言い訳で誤魔化そうとしてるだけだろうが！

しかも、それを俺に丸一日も黙ってただと！　なんてお粗末なやつだ!!

「こりゃぁお仕置きだな。両手両足の爪を剥がしてやるから覚悟しろ！」

クソッ！　折角の金を拾い損ねた！　そう思うと、それだけで悔しさが湧き出てきて無性に腹が立つ。

「そっ、そんなぁ！　ひでぇよ旦那ぁ！」

「うるせぇ！　嫌なら損害分の金を払え。金貨5枚で許してやる！」

「そんな金ねぇよ!!　捜してくる、絶対見つけてくるから！」

「逃げたやつが見つかるわきゃねぇだろ！」

と、俺様が泣きべそをかくチンピラの首根っこを捕まえて地下へ向かおうとしたその時
使用人奴隷が声をかけてきた。

「旦那様。あの女が来ました！」

「は？　あの女って、カリーナか！」

俺様はチンピラを床に放り投げ、使用人奴隷に聞き返す。

「本当に、か？　コイツを庇う嘘ではなく？」

「本当に来ました」

「おお……お前、命拾いしたな！　よし、さっさと出て行け。駄賃は払わねぇぞ、失敗したんだからな」

「わ、分かってるよ旦那……助かったぁ」

逃げるように去っていくチンピラを見送り、俺の気分は上がっていく。なにせ逃げたと思った獲物がこの手に帰ってきたのだ。あの柔らかな胸肉の感触を思い出し、俺は逸《はや》る気

持ちを抑えて応接室へと向かった。

応接室に行くと、そこにはカリーナが座っていた。

「金はできたのか？」

「いや。ちょっと今日は商談に来たんだよ。金策のめどがあるって言ったじゃん？　金貨1枚で買って欲しい商品があってね」

甘い香りを纏っているカリーナ。わざわざ香水をつけてきたらしい。ということは俺様に金貨1枚で抱かれに来たってことか？　いじらしいじゃねえか。ククク。

「いいぜ、買ってやるよ」

楽しんだ後、『支配』して踏み倒すけどな。

「商品を見る前に購入してくれるとは。太っ腹だね。じゃ、これが商品の香水だ」

「あん？」

そう言ってカリーナは、黄色い液体の入ったガラスの小瓶をテーブルに置いた。ポーションの小瓶のようだ。……黄色いポーションといえば伝説のアンブロシアが思いつくが、そんなポーションを持っていたというのだろうか？

いや。もしアンブロシア――一時的な不老不死をもたらす霊薬なら金貨1枚などという安値で手放す話はない。人が登るのは不可能とされる魔境の山、そこにある希少な果実が材料らしい。ということは、アンブロシアを模した偽物ということだろう。そもそも、香水と言っていた。

「ハッ、とんだ詐欺師だな。どうしたんだコレは」

「私が作ったんだよ。今日私それつけてみてるんだけど、どうよ」

さっきから感じていた甘いイイ匂いはこいつか。……へぇ、これを自分で作ったと。そういう技能があるなら奴隷にした後その方面で稼がせるのもアリだな。


「金貨1枚で買うって言ったよね？　支払いはあの奴隷でいいよ」

「いいぜ。交渉成立だ」

「よっしゃ」

ともかく、コレだけ甘い匂いをまき散らしてるなら、さらに俺の『支配石』のニオイを混ぜてもバレやしないだろう。と石に魔力を流す。

……

「ん？　どうかした？　早く奴隷出してよ」

「え？　ああ。……おい、連れて来い」

『支配』される様子がないので、使用人奴隷に命じて奴隷を連れてこさせる。足は残っているので歩かせる分には問題ないだろう。ゆっくり連れてくれれば、その間に『支配』もかかっているはずだ。

「そうだ。ついでに他にもポーション作ってみたんだけど買う？」

「おう、見せてみろや」

時間稼ぎも兼ねて商談を行う。取り出したのは2本のポーション。マナポーションに、上級マナポーションだった。

「これもお前が作ったのか？」

「そうだよ。いくらで買ってくれる？」

得意げな顔で商品を見せるカリーナ。これでも商人だ、ポーションの目利きも知っている。……非常に澄んだ色の高品質ポーション、これにまともに値段をつけるとしたら……マナポーションが銀貨2枚、上級マナポーションが銀貨30枚ってとこか。

「タダにしろよ」

「は？　ふざけてんの？　いくらなんでもタダにはならないでしょ」

「冗談だって、冗談。まぁ合わせて銀貨32枚ってとこだな」

「お、いいね。それなら売るよ」

チッ、まだ『支配』が効いてないのか？　どうなってやがる。普段ならもうとっくに掛かってる頃合いだ。にもかかわらず、どう見ても正気。思わず正直な値段でポーションを買うことになっちまった。

商人ギルドのカードを作っていたとのことなので、そちらで取引を行う。くそう、銀貨32枚が……ま、どうせ『支配』したら返してもらう金だけどよ。


「遅いね。まだかな？」

「お、おう。もう少しだろ、そうだ。先に書類を用意しておこう。奴隷が来たらすぐに取引できるようにな」

奴隷をやり取りするための正式な書類を用意する。どうなってやがる、まだ『支配』できねぇのか？　連続で『支配』かけたとき以上に利きが悪い、というか全く効いていないぞ。

あ。あーあ、もう書き終えちまいやがった。

ええと、もう少し時間を潰すには……お、黄色い液体のポーション瓶。香水があった。

「それにしても良い香りだなぁ、この香水は」

「でしょ。作るのに苦労したんだよコレ」

得意げなカリーナ。よし、これならまだ時間が稼げそうだ。……そろそろ少しは『支配』が効いてるんじゃないか？

「まぁ、実際香水にして使ってみたらめっちゃ香りが濃くて、全然他のニオイが分からないほどなんだよねぇ」

「は？」

他のニオイが分からない。それって、つまり――『支配』の香りも通じてない、ってことじゃねぇか!?

「ん？　どしたの？」

「あ、ああ、いや、なんでもない」

やべぇ、こんなの初めてだ。そうか、鼻が利かなきゃ香りは嗅ぎたくても嗅げねェ！

クソッ、なんてこった！　『支配石』にこんな弱点があったなんて！


「旦那様、奴隷を連れてきやしたが……」

「ば、っ、お、おう。戻ったか」

何でもっと遅く帰ってこなかったんだ、と言いたくなったが、どうにせよカリーナには現状『支配』が通用しない。あまりに遅く戻られて不審に思われるよりは良い。

「よし、それじゃあ手続きしちゃおうか！　といっても、あとは契約魔法かけるだけなんだよね？　書類はもう先に書いちゃったし。ちゃんと靴下も忘れずにつけてね」

「そう、だな」

手元には時間稼ぎで準備していた正式な書類。もう時間稼ぎはできない。

結局俺様は、奴隷を黄色い香水1本と引き換えで手放す羽目になったのである。

奴隷の手を引いて上機嫌に帰るカリーナ。

俺様は、表向きは商談が綺麗に纏まったことを喜び、それを笑顔で見送らねばならなかった。しかし、その内心は当然、屈辱にまみれていた。

「おのれカリーナめ……俺様を、このバレイアス様をコケにしやがって！」

偶然か必然か、それは分からない。だが、俺様のねらいを外されたのは間違いようのない事実だった。1回目の訪問で『支配』にかかり、軽く御せる相手だと思わせておいてのこの始末。

詐欺だ！　こんなのズルいだろう！　ちゃんと『支配』されろよ！

「この報いは絶対に受けてもらうぞ……おい、裏仕事の連中に可能な限り声をかけろ。やるぞ、狩りを」

「へ、へい。旦那様」

狩場はこの町。獲物はカリーナ。『支配』が効かなくても、俺様には暴力がある。

この瞬間、哀れなカリーナの命運は俺様の手によって決まった。もうアイツには俺の奴隷になる以外の道はないのだ。

#SideEND

私カリーナちゃん！　奴隷商にて無事奴隷ちゃんを購入することに成功しました！

ぐへへへ、これで私もハーレムものの主人公のように女の子を侍《はべ》らせてエッチなことしまくる爛《ただ》れた異世界生活を送るんだぜ……！

おっと素が漏れた。**お友達を作りたいの、キャピッ！**

「それはさておき、まさか本当に香水を金貨1枚分で買ってくれるとはねぇ。いやぁ、ダメだったらまた別の商品を開発しなきゃだったから良かったよ」

失敗作のポーションもかなりお金払ってくれたし。奴隷商、案外いいやつだったぜ。

「……」

奴隷ちゃんは虚《うつ》ろな表情で私にエスコートされている。両腕がないので腰を抱いて、寄り添わせるような形だ。

「っと、そろそろ奴隷商の見送りもまけたかな？」

そんなにこの子が名残惜しいのか、熱烈な視線を――嘘ゴメン。あいつ、私のおっぱいにずーーーっとエロい視線を向けてきてたのバレバレだったんだよ。そりゃもうどこか上の空で私のおっぱいチラチラと見てワキワキと手を動かして。

まぁ気持ちは分かるよ、なにせこのカリーナちゃん、ごらんのとおり超絶美少女だし。エロい目で見たくなる気持ちも知ってる。で、それにつけこんで私は奴隷ちゃんの服とかもオマケにしっかりつけてもらったんだけどね。フヒヒ、サーセンw

「……にしても目立つなぁ。さっさと拠点に帰るか」

先ほどからチラチラと目線を感じる。私ではなく、奴隷ちゃんにだ。両腕がなくて顔に包帯巻いている幼げな少女（ハーフドワーフ）がヨロヨロと歩いているんだものな。まともな感性の人間が見たらギョッとすること受けあいだろう。

私は奴隷ちゃんをエスコートし、路地を曲がると同時に空間魔法を展開。奴隷ちゃんと共に収納空間の拠点へと帰還した。


「……？」

「お。さすがに少し驚いた？」

奴隷ちゃんに反応があった。目をぱちくりとして、キョロキョロと首を振って周囲を確認する。先ほどまでいた町中と明らかに異なる空間に連れ込まれたのだから当然だ。

「さて、それじゃあ私もあんまり反応がないのもつまらないし——さくっと治すとしようか」

私がそう言うと、奴隷ちゃんが私を見た。何か言いたげだが、声も手も出ない奴隷ちゃん。でも言いたいことは何となく分かる。『本当に治してくれるのか』だ。

「まずは喉」

私はその喉にそっと手を触れた。空間魔法でスキャンする。あー、これは薬で焼かれたのかな？　ケロイド状になって癒着し、完全に機能を失っている。私自身の声帯を参考にしてその喉を細胞レベルで除去、複製、結合して整形。はい修理完了。

「ハイ、まずは喉。声出る？」

「げほっ、え、あっ、ご、ぇ……」

「うん、ちゃんと治せてるかな。微調整はあとでやろうか」

少なくとも神様が頭だけになった自称混沌神のジジイを全回復させたりしてたから治せるのは知ってた。神様のチュートリアルってすげーや。

「次、顔ね。元の顔しらんけど、修正の注文は受け付けるよ」

顔の包帯を解いて、まずは傷跡を修復。火傷になっていた部分を修正……んー、元の顔が分からないとどう直したらいいのか……あ、ハーフドワーフならサティたんの顔を参考にしてみよう。こっちは色白でサティたんの褐色肌とは違うけど、元はドワーフっぽさがあったに違いないし。

目もちょっと火傷してんなこれ、治しとこ。つるりんっと。

髪の部分も複製して増やしてっと……こんなとこかな。赤髪だしやっぱりサティたんっぽい。ちょっと寄せすぎたかも知らんね。

「あ、え？」

「じゃ、腕ね。身体も一応治しとくか」

脚をコピーして、複製と削除を繰り返し腕に作り替える。器用さは下がるかもしれないがリハビリってことで頑張っておくれ、うんとこどっこいしょー。右腕完成、左右反転コピー、左腕完成。

ついでに身体の方にある卑猥《ひわい》な落書きみたいな刺青も除去って、古傷も綺麗に治してしまおう。細胞コピーが捗るぜ。肌も綺麗につるんとしてしまおう。

「ふぅー、オペ終了。……腕２本はさすがに疲れたーぁ」

「……え？　え……？」

身体中の傷という傷を私に治療され、余りの早業に呆気にとられている奴隷ちゃん。どやぁ、ドクターカリーナのハイスピードオペだ。患者が横になる暇も与えなかったぜ。

全部掛かった時間は30秒といったところか。中々の好タイムだ。

「声、出る、腕、ある……っ！　ああ、顔、お、ぉああ……！」

「そりゃー、声も顔も腕もしっかりしてないと仕事に支障が出るじゃん」

私がそう言うと、奴隷ちゃんはペコペコと勢いよく頭を下げる。

「あ、ありがとうございますっ！　感謝いたします、あるじ様！　ありがとうございます!!　げほ、えほっ！」

「あーあー、治したばかりなんだから無理しないの。ま、今日のところはしっかり慣らしときな」

フッ、とニヒルに笑って見せる私。

……ってカッコつけたけどさすがにふらふらするぅー！　複製しすぎた！

あー、失敗作だけどポーション残しておけばよかった。……もっとこうガッツリ回復するポーション作りたいなぁ。まともなポーション作れるようになりたーい。

にしても真剣にお礼を言う奴隷ちゃん。可愛い。このまま寝床に連れ込んでも許されるんじゃなかろうか……。

……はっ！

ダメだ、ここで絆されてはいけない！　シルドン先輩の教訓を思い出せ！　奴隷は裏切る前提で行動するべし！　コレは今、私は試されてる！　世界に、神様に!!

少なくとも最初が肝心！　今はご主人様らしい毅然《きぜん》とした態度を取らねば！

って、あ、だめ。フラフラが限界。

「うぐふ。ま、今日のところはしっかり慣らしときな……さすがに疲れたから、休む」

「けほ、はい。おやすみ、なさいませ」

自作のお布団にぽてっと横になった。疲労たっぷりの私は、布団に横になるとすぐに睡魔に襲われ、寝た。すやぁー。

＊　＊　＊

半日くらい寝て目を覚ますと、奴隷ちゃんが床にぽてっと座って静かに私を見つめていた。時間的には夕方のはずだ。

「お、おはようございます、あるじ様」

「おはよ……何してたの？」

「あ、その、あるじ様を見てました」

うん。そういや部屋とか作ってなかったし、寝床もなかったし、特にすることもなかっ

たよね。ゴメンね。トイレは大丈夫だった？　あ、ちゃんとトイレ壺は分かったみたいだね、よしよし。


「喉や手の調子はどう？」

「はい。言いつけ通り慣らして、ちゃんと喋《しゃべ》れるようになりました！」

「微調整するから問題があったら言ってね。えーっと……」

奴隷ちゃんを呼ぼうとして、呼び方が分からないことに気付く。奴隷の名前はご主人様がつけるものらしいけど、私は自分の名前すら仮名でカリーナと付けちゃうズボラもの。なら自分で名乗らせていいだろう。

「そういや奴隷ちゃん、名前聞いてなかったね。なんて名乗るか自分で決めて良いよ」

「えっ、よろしいんですか？　じゃ、じゃぁ、アイシアとお呼びください、あるじ様」

「うんうん、アイシアって呼ぶね。アイシアには今後一生私に仕えてもらうから、今後私に嘘つかないように。命令だよ」

「かしこまりました、あるじ様。一生お仕えします」

恭しく頭を下げる奴隷ちゃん、改めアイシア。

忠誠心は高そうだが、あくまで治療したことによるハイ状態だろう。これから仕事をさせる以上、今後いくらでもひっくり返る。奴隷を信じてはいけないのだ……！　シルドン先輩の教え、シルドン先輩の教え……ッ！

「……とりあえず微調整しちゃおっか」

「はいっ、あるじ様！　大体はいいんですが、歌声に違和感がありまして」

微調整を始める。


「あー、あー。……声、もう少し高くできますか？」

「んー、声帯のここを弄《いじ》って……どう？」

「あー、あー。……ばっちりです、ありがとうございます、あるじ様！」

アイシアの喉をチューニングする。元吟遊詩人なだけあって、こだわりがある様だ。

もちろんただ優しさで治すのではない。これは私の作戦だ。

「私が定期的に診ないと、この喉――どうなるか分からないからね？」

「はい。一生ついていきます、あるじ様」

「うんうん、一生お仕えしてねアイシア。いいこいいこ」

「えへへ、あるじ様」

よしよし。これで私を裏切ったら喉がどうなるか分からない。吟遊詩人として大切な喉を人質にして私に縛り付けることができるだろう。フフフ。

そして空間魔法で顔も確認してもらったけど、ほとんど修正の必要がなかった模様。元より少し美人になったかもしれないそうな。

まぁサティたんを参考にしたからね！　サティたん超可愛い上に私の思い出補正が入ってるもの、可愛くないわけがないっ！


と、ここで「くぅー」と子犬の鳴き声のような可愛らしいお腹の音が聞こえた。

……そういえば何も食べさせていなかったし、私も食べてなかった。


一応、食べ物はないわけではない。干し肉とリンゴが収納空間には入っている。鍋とか薪とかも一応。でもまぁ、今から作るのは手間だった。かまどとかもないし。

「まぁ外に食べに行くとして、とりあえずこれでも齧っといて」

とりあえずアイシアにはリンゴを渡しておく。

「はい。行ってらっしゃいませ」

「？　いやアイシアも食べに行くんだよ？」

「はい？」

首をかしげるアイシア。

「私、奴隷ですけど」

「知ってるけど？」

　首をかしげる私。話が噛み合わない。

「あ。まさかアイシアってば私がリンゴひとつだけ渡して『オマエの飯はコレだけだ』って言うタイプのご主人様だと思ってる？　ちがうよ？　それは小腹満たすためのおやつだからね？」

「え、あ、そうでしたか。失礼しました……？　その、甘味をいただけるとかとても嬉しくて内心小躍りしてました」

　ああうん。あの状態じゃぁ甘味貰えるかとかいうレベルの待遇じゃなかったもんな。

「そのリンゴはいくらでもあるから好きなだけ食べていいよ。存分にお食べ？」

「で、では早速いただきます！……しゃくっ……んンッ!?」

　アイシアの目から、ほろりと涙がこぼれた。

「え、酸っぱいとこでも食べちゃった!?　大丈夫!?」

「い、いえ、とても甘くて驚いてしまって……っこんな甘い果実、初めて食べました！」

　そう？　このくらい普通……

　って、アイシアは年単位で甘い物を食べていなかったのだ。ちょっとしたフツーのリンゴが、最高級の1個数万円するようなリンゴのように感じてもおかしくない。空腹は最大の調味料ってやつだ。

「……ゆっくり食べていいからね。無限に出してあげるから」

「あ、ありがとうございます。あるじ様、一生お仕えします……！」

それからアイシアはリンゴを3個食べて、満腹になってしまったようだった。けど私も晩御飯食べたい。ついでにアイシアが可愛いのを見せびらかしたいので連れていくことにした。

「それじゃ、外に行こうか。失敗ポーション売ったお金もあるし、アイシアの分の寝具とかも買いたいけど、そっちは時間が遅いかなぁ」

「はい、あるじ様。それと、私は床でも大丈夫です。ここは隙間風もなく暖かいですし」

「ああうん。……寝具は複製でもいいかな、個人利用ってことで」

アイシアを連れ、収納空間の外に出た。外はそろそろ晩御飯の時間だったし、丁度良いかな。


冒険者ギルドに顔を出すと、ブレイド先輩が話しかけてきた。

「カリーナ！　無事だったか！　捜したぞ、無事でよかった」

「ん？　ブレイド先輩。え、捜してた？　なんで？」

私を見てホッとした表情を浮かべるブレイド先輩。無事って何のことだろう？　見ての通り怪我《けが》も病気もしてないですよ？

「なんかお前のこと捜し回ってる輩がいてさ。その上、お前の姿も見えねぇし。どこ行ってたんだよカリーナ」

「ええ？　なんで私を？」

　思い当たる節がなくて首をかしげる。こちとら善良な冒険者商人だぞ。

「先日の木こりをあまりよろしくないやつに見られてたんじゃねぇか？　金をたんまり持ったソロの新人、しかも美少女ってんで、お前を襲おうとしてるやつがいたんだよ。中身はアレだが、お前ほんと見た目は悪くないから」

「あー。……って、中身はアレってなんすか先輩！」

　ハルミカヅチお姉さまに言いつけんぞ……いや、そうか。ブレイド先輩はシュンライ亭での私を見てるからそう言ってて、私もお姉さまに聞いただけで記憶はないけど、確かに『中身はアレ』ってなる内容だよなぁ……。

　それはさておき。

「言われてみれば、お金も持ってて身寄りもなくて美少女。それが宿にも泊まってないとなると、まさに鴨がネギ背負って歩いてるようなもんですね。美味しすぎる」

「うん？　まぁそういうことだな。で、知り合いに少し話を聞いてみたら商業ギルドで黒髪の女が商人に連れ去られたとか聞いてよ。心配してたんだ」

「なるほど。ご心配をおかけしました？」

微妙に情報の精度が低いがそこはいいだろう。

「お持ち帰りはされたんすけど、相手も女の子だったんで私は大丈夫っすよ」

「おい、その女は大丈夫だったのか!?」

「そこで私じゃなくて相手を心配するあたり、先輩が私をどう思ってるかよく分かっちゃいますわぁ。別に良いけど。まぁ今回もまた私の記憶はないんですけどね、お酒はいってたんで」

サティたんはちゃっかり私にお酒を売りつける余裕すらあったので、大丈夫じゃないことをしてても合意はあったはずです。恐らく。きっと。めいびー。

ってか、ロリに見えてドワーフで成人だから合法だしね！

「ところでさっきから気になってたんだが……そっちの女の子は？」

「ああうん。紹介するね。アイシア、自己紹介して」

「はい、あるじ様。あるじ様の奴隷、アイシアです。ハーフドワーフです」

ペコリと礼儀正しくお辞儀するアイシア。可愛い。

「……おいカリーナ、ちょっと」

「ん？　なんすか？」

ちょいちょいと耳を貸せと手招きされ、顔を寄せる。

「ま、まさか盗んだとかじゃねぇよな？　さすがにそうだとしたら通報せざるを得ないぞ」

「やだなぁ、正規品ですよ。ちゃんと奴隷商から買い取りました」

「嘘だろオイ。こんなまともに受け答えもできる可愛いハーフドワーフの奴隷なんて、どう考えても金貨10枚はするはずだぞ。……商人ってすっげぇ儲かるんだなぁ」

ああそうか、と私は思い至る。

先輩視点から見たらアイシアは『礼儀正しい上に無傷の可愛い女の子』という明らかに高額に分類されるであろう奴隷であり、ついでに私は先日荒稼ぎしてた金策である木こりを禁止された状態。

そりゃ何をどうしたら、って話にもなるわな。

「それがねぇ、なんと金貨1枚でしたよ」

「は!?　どんな裏があるんだ、ワケアリだとしても安すぎるだろ！」

「あ、聞きたいっすか？」

「いややっぱいいい。怖い。知りたくない」

耳をふさいで首を横に振る先輩。聞いてくれてもいいんだぜ？　私の武勇伝。

「ていうかこの短期間に金貨1枚分を稼いだのは疑問に思わないんすか？」

「そこは別に。お前ならそのくらいは稼げてもおかしくないし。それこそ木こりみたいな手段で稼いだんだろうさ、家も買ってたし」

わぁお、先輩の信頼が篤《あつ》い。最低でも金貨1枚分はある模様。

「というか、こんな高そうな奴隷まで連れ歩くようになったら……お前、ほんっと気をつけろよ。絶対裏道とか歩くんじゃないぞ。大通りだけ歩け、大通りでも道の端は歩くな、突然物陰に連れ込まれるかもしれない」

「先輩、お母さんみたいっすね」

「うっせえわ！　家の鍵はちゃんと閉めろよ!?　あと——」

「って、まだ注意が続くんすか？　物騒だなぁ」

「狙われてるっぽいのは事実だからな……ん？　もしかして早速その奴隷のワケアリな部分が関係してるんじゃねぇか？」

一応ちゃんと取引して買った奴隷だからそれはないはずなんだけど……

「狙われるのはうっとうしいなぁ……別に、倒してしまっても構わんのだろう？」

「うん？　むしろ倒すだろお前なら。いや、そうか。怖いのは不意打ちだけで正面から行けば何の問題もないのか……」

おや、私に対してかなりの信頼を感じる。

「殺されそうになったら、殺しても大丈夫ですかね？」

「お前が言うと洒落にならねぇな」

「ついうっかりやっちゃうこともありけり？　かも？　手加減をミスったらね？」

「……洒落じゃないのか」

木こりの時に魔法ひとつで木を切り倒す私を思い出しているのか、頭を掻く先輩。あれが木じゃなくて人の胴体だったら、まぁそういうことだ。

「あー、そのだな。先に手を出さず、一発食らってからなら正当防衛だ。なんか教会の持つ魔道具でそういうのが分かるやつがあるらしい」

マジか。そりゃ安心して正当防衛による暴力を振るえるじゃないか。

「……町中でも悪意を持って襲ってきたら盗賊扱いだから、逆に財布抜くくらいは許される。さすがに過剰防衛だと罰金払うことになるけどな。ま、そんときゃ金稼ぎに付き合ってやるよ」

「わーい！　やりすぎても金でアッサリ解決！」

そういうのもあるのか、異世界の人の命、軽い。私も今はその世界の住人だけどね！

＊＊＊

私カリーナちゃん。どうやら私、狙われてるみたいなの！

怖いわ！　こんな治安の悪い町、安心して住めないじゃない！　だから逆に私から仕掛けてぶっ飛ばすしかないわね！　治安維持に貢献しなくちゃ！　ついでに悪人の所持金を巻き上げて教会のお布施にでもしたら結構な善行ってことになるんじゃないかしら？


そんなわけで私は一人で水を入れた酒瓶を片手に町に繰り出した。

おっと、当然アイシアは収納空間の拠点に帰したよ、危ないからね。今頃私のお布団でスヤスヤ寝ている頃合いさ。

フラフラと酔っぱらったフリをしつつ、私は路地裏へと足を運んだ。先日ナンパ――いやカツアゲ、あるいは誘拐されかけた路地裏だ。さーて、釣れるかなぁー？

「ここは通行止めだぜ」

「おやおやおやおや」

お財布《あくにん》が飛び出してきた！　おもわずにまりと笑みがこぼれる。ククク、今日はシラフだから逃がさないぜ？

「あん？　なんだニマニマしやがって……おい後ろ塞げ。よく見たら上玉だ、逃がすな」

「まかせとけアニキ」

後ろに足音。ああ困った、お財布《あくにん》に挟まれてしまったわ！　どっちのお金から拾おうかしら、悩ましいわ!!

……あれ、先日のやつとは違うかな？　うーん、まぁいいや。お財布《あくにん》には変わりないし。

「なんだい君たちぃ。強盗？　私、襲われてる感じ？」

「へへ、分かってんならさっさと寄越しな。着てる服も全部な」

「もちろん、服の中身も俺らのオモチャにしたうえで奴隷商に売ってやるよ」

「な、なにぃー、奴隷商だってー？　ってか、犯罪歴も借金もない善良な一般人を買う奴隷商なんているのかー？」

「ンなのどうとでもなるんだよ！　バレイアスの旦那に目をつけられたお前の不運を恨みな！」

バレイアス。聞き覚えのある名前だ。……っていうか奴隷商じゃん。私の知り合い少ないからすぐ思い出せたよ。

「え？　つまりあのセクハラ野郎、一般人を襲わせて無理矢理に奴隷落ちさせてんの？

おいおいそりゃ……とんでもねぇ話じゃね？」

「ああ！　や、ヤベぇってアニキ！　言っちゃいけない話だったんじゃ……」

「どーせ奴隷落ちするんだ、大丈夫だって！」

「確かに！　アニキ頭いいな！」

いや私に逃げられたらおしまいじゃん。せめてしっかり捕まえてから言えよ。……いや、か弱い女の子を男二人で挟み撃ちにした時点で捕まえたも同然なのか、普通は。

ともあれ奴隷にすると宣言したのは明確な害意だ。この時点で正当防衛は成立するらしいが、私の反撃が過剰防衛にならないようにもう少し欲しい。具体的には一発殴られるくらいは。

「まぁー、その、なんだ。君たちは私の趣味じゃないし、当然抵抗するよ？」

と軽く身構えてみる。さぁ襲ってきて。ほら早く、役目でしょ。

その気持ちが届いたのか、目の前のお財布Aは剣を抜いた。

「なぁ嬢ちゃん、綺麗な顔に傷付けられたくないだろ？　大人しく言うことを聞けよ」

剣を向けて脅してくるお財布A。

私はプッと笑いをこぼし、あえて構えを解いて指をさして笑ってやった。

「あははは！　バカだなぁー。顔どころか身体に傷付けたら価値が落ちるぞ？　なのに刃物で脅すとか正気ぃ？　頭の中身入ってますかァー？」

「ん？……言われてみればそうだな？」

いやいや納得してんじゃねぇよ。煽《あお》ってんだよコッチは。ほら襲って来いよ。今私は空間魔法使って無敵状態《スター》で攻撃まちなんだぞ。

「って、アニキ！　そいつバカって言ったぞ！」

「ンだとぉ!?　誰がバカだごるぁ!!」

「時間差ぁ!?　っておおっと」

よっしゃきた！　ガツン！　剣の平たい部分で殴られる。刃を立てていなくとも剣は金属の塊、普通に鈍器だ。女の子の頭をそんな凶器で殴ったら普通に死ぬかもしれないだろうに。

……ま、私はノーダメージで1ミリすら動かないけどね！　正当防衛完全成立！

「なッ、コイツ、まるで岩――」

「えい」

しゅん、とお財布Aを収納空間にお片付け。当然、アイシアの入っている場所とは別の隔離空間だ。しかも中では時間が止まっているので、暴れられる心配もない。

お財布Aが突然消え、狼狽《うろた》えるお財布B。

「な、お、おい！　アニキをどこへやった!?」

「さて、どこだろうねー。消えちゃったねー、怖いでちゅかー？　ベロベロバー」

「ひっ……うわああああああ!!」

おっと、お財布Bが逃げずに襲い掛かってきた。グッド、一発殴られてやろう……うん、何の痛みもないけど顔面に拳ぶつけられるのはちょっとびっくりするんだぞ。顔面強打VRって感じ？　V《バーチャル》じゃないけど。

「硬ッ!?　な、何なんだお前！」

「え？　善良な一般人だよ。一方的に殴ってくるだなんてひどいな君ぃ」

パチン、と指を鳴らしてお財布Bの下半身を完全固定。逃がしませんことよ？

「あ、足が動かねぇ!?　ひ、な、ななっ」

「先に殺そうとしてきたのは君たちだからね……フフフ……おっと、情けない悲鳴は上げないでくれたまえよ。人が来ちゃうだろぉ？」

声を遮断。

ぱくぱくと口を酸欠の金魚のように動かすお財布B。

……自称混沌神でも逃げられないんだから、ただのお財布野郎が逃げられるわけないいんだよなぁ？

「さて、そんじゃまずは色々教えてもらおうかな。例えば他の悪ガキ共の縄張とか。……

ああ、この状態でも私には何を言ってるか分かるから、遠慮なくキリキリ吐いてくれたまえ」

「ーーッ！！？！？」

ほらほら叫んでないで。ちゃんと有益な情報を吐くまで終わらないよ？　夜はまだまだこれからなんだからさぁ！

お財布Bから情報と財布を抜き出し、収納空間へ片付ける。

「しっかし、こいつ等シケてんなぁ……全然金持ってねぇじゃん。あ、だからこんなことしてんのか」

ふとそう呟いてから、これはもはやどっちが悪役か分からないセリフだなと苦笑する。

いけないいけないけない。カリーナちゃんは正義の美少女なのだ。

正義ってのはいいぞ、正義の名目さえあれば人はどこまでも残酷になれるからな。

「てか、まさかあの奴隷商が人身売買の元締めだったとは——ん？　いや奴隷商なら人身売買は合法？　いやでも自分の住んでる町で商品を誘拐しちゃうのはアウトだろ」

この国の法律はよく分からんけどさすがにアウトのはずだ。むしろアウトじゃなかったらこの国の法律の方が間違っている。

……つまりは私の金庫《ごくあくにん》ってことだ！

決めた！　あのセクハラ野郎はメインディッシュだ。この治安改善活動の仕上げに搾り取ってやるとしよう！

ククク、なにせお財布B曰く、みかじめ料なんかも奴隷商の懐に入るらしいからな……いったいどれだけあくどい金を貯め込んでいることやら！　楽しみだぜぇ！


というわけで、お財布Bから得た情報を元に次の路地裏へ歩いていく私。

「まちな姉ちゃん――金、持ってんだろ？　ちょっと恵んでくれや」

「じゃなきゃ明日の朝日も拝めねぇぜ？」

「おら！　ジャンプしてみろジャンプ！　おっぱい揺らせ！」

お財布C、D、Eが現れた！

「お小遣いならママにせびってろよ粗チン野郎」

カリーナちゃんの煽り！　お財布達は激昂した！

お財布達の攻撃……ミス！　カリーナちゃんに0ポイントのダメージ、正当防衛成立！

「はーい、しまっちゃおうねー」

「……き、きえたく、ないっ、たすけ――」

お財布達を収納空間にお片付けし、次の縄張りへ。

「おお、話に聞いてたけどマブいじゃん。ちょっとこっちこいよ」

「楽しいことしようぜぇ、俺たちにとってだけどな！」

お財布F、Gが現れた！

「え、その髪型と服装って正気なの？　カッコいいと思ってんの？　ダッサ」

カリーナちゃんの煽り！　お財布達は激昂した！

お財布達の攻撃……ミス！　カリーナちゃんに0ポイントのダメージ、正当防衛成立！

「なっ！　相棒をどこに――」

「次いってみよー！」

お財布達を収納空間にお片付けし、次の縄張りへ。

「ああ！　てめ、この間はよくも逃げやがったな！」

「今日は網持ってきたからな、くらえ！」

お財布H、Iが現れた！　敵の先制攻撃、投網！　だからどうした！

攻撃されたってことで正当防衛！　収納！

うーん、お財布の数を数えるのも面倒になってきた。

「……まだ縄張りあんのかぁ」

多少バリエーションはあるが、似たり寄ったりのワンパターンだ。少し飽きてきた。

と、次の場所に向かって歩いていると声をかけられる。


「おい木こりの姉ちゃん。財布だしな」

「先輩が良いことを教えてやるよ。稼ぎの半分は先輩に渡して面倒を見てもらうんだぜ？」

おっ、これはチンピラ冒険者ですね！　少し味付けが変わって良い感じ。

「なぁ、ブレイド達とは別れろよ。俺たちが面倒見てやっから。な？」

「俺らの宿に来いよ。あんなお人よしのクズよりも気持ちよくしてやっからよ」

あ？　ブレイドパイセンの悪口言ってんじゃねーよ。

「おい。私は陰口が嫌いなんだ、言うならちゃんと本人に言ってやれ！　飲んだくれで金にだらしねェ情けないやつだってよぉ！」

「……お前のそれは陰口じゃねーのか？」

「正論言ってんじゃねぇぞチンピラ冒険者がよぉ！　今ここで揚げ足取りしていいのは私だけって決まってんだ！　黙っとけカスが！　ゴブリンにケツからナイフ刺されて悶え苦しむのがお似合いのザコがよぉ！」

「おいこいつ相当酔ってんぞ」

「だな」

え、シラフですが？　あらやだ、ちょっとチンピラ共の汚い口調が移っちゃってたみたい。カリーナちゃん反省っ！　お猿さんの言葉じゃなくて、もうちょっと人間らしい綺麗な言葉を使わなきゃね。

「ちなみにお前ら何ランクなんですか？　あ、分かった。Gランク！　ね、当たりでしよ？　だってどう見ても弱そうなんだもの！」

「Dランクだよ！　くっそ生意気なメスだなこいつ」

「こういうのを屈服させせんのが堪んねぇとはいえ、ちょっと限度があるな……首絞めときゃ黙るか？」

こめかみに青筋たててピクピクさせてるチンピラ共。効いてる効いてる。……つか、Cランクになれないのにブレイド先輩のこと悪く言ってたのかぁ。人格に問題ありそうだもんなこいつら。

「おい。Eランクのザコに先輩を敬うってこと身体に教えてやろうぜ」

「おうよ、実力なら俺らはBにだって相当すんだからな！」

「ププ、嘘乙！　お前らがBランクだったら私はSランクだぁ！　ざーこざーこ！」

「「ぶっ殺す!!!」」

はいきたー。殴ってきたので拳が当たった瞬間に収納空間にお片付け、完了！　明らかにマッチポンプな拉致監禁。これが一番正当防衛だと思います。


……うん、結局同じだったわ。少し珍しい味ではあったけど、しょせん味変。味変してもラーメンはラーメンであり食べ方自体が変わらないのと同じで、私のチンピラへの対応も大体一緒だったわ。ふぅ。


「さて、これでいち段落ってとこかな？」

お財布Bから一通り聞き出した縄張りは回り終えた。結局お財布たちの中身は合計で銀貨5枚程度と非常にシケた内容でした……

こりゃ普通に木こりしてた方が稼げるな、そりゃみんな放置するわけだ。なんつって。

……ってか、そんなことより収納空間に入れたやつらどうしよう。かれこれ15人は超えてるから、今から詰め所へ行って取り出すにしてもリュックの中に詰め込んでますってのは無理があるしなぁ……

これでチンピラが女の子とかだったら多少はテンションも上がるんだけど、なんで全員男なんだよ。ちくしょうめ、使用済み靴下製造機にもなりゃしない。

路地裏でチンケなカツアゲしてる程度のやつらだ、別に賞金首ってわけでもないんだろうしなぁ。売るにしても奴隷商は私の金庫だ。結局私の金なので意味がない。

「かといって『じゃあ殺すか』っていうのもなんかなぁ」

他の被害者は知らんが、私は別にこいつらにそれほどのことされてないのだ。でも、いちいち罪状を聞いて適した罰を、なんてのも面倒くさい。叩いて埃《ほこり》を出すのは私の仕事じゃないよねぇ……

「あっ。良いことを思いついた」

私は天才的閃《ひらめ》きを得た。というわけで全員詰め所にぶち込むことに決めた。……もちろんただぶち込むだけじゃつまらない。悪事を白状しやすくなるように先にちょっと脅してあげるのだ。『悪い事すると神様《こわいひと》がやってきてひどい目にあうぞ、だから大人しく自首しなさい』って脅しをかけ、あとは現地の人にお任せするのだ。

ずばり、作戦名《コードネーム》『NAMAHAGE』！

私の手間も省けるし、無駄に殺したりされたりしなくてもいいし、司法の手柄にもなる。

三方良しってやつだね！

「ふふふ。私ってば天才ね！……脅しをかける場所はあそこがいいな」

私は転移を使う。向かう先は、つい最近神様が大暴れした場所——錬金王国跡地だ。

あそこならやりすぎても、もう周りに被害は出ないだろ！

……で、この後に全員を脅すのに時間がかかって、結局この日金庫《どれいしょう》に顔を出すまで行けなかったのはここだけの秘密。

#Sideチンピラ

その女は、ふらっと路地裏にやってきたただの獲物だった。獲物だった、はずだった。

ちょっと脅しをかけて金を置いていけばよし、いや、少し遊ばせてもらうのも悪くない。

この俺と遊べるんだから、あっちも良い思いするはずだ。

そう声を掛けたら、

「はぁー、ワンパターンで飽きてきたなー。マニュアルでもあんの？　もうかかって来いよ雑魚」

一瞬耳を疑った。一拍おいて、喧嘩を売られているのだと気付いた。

「上等だよ、ぶっ殺して死体で遊んでやる！」

「きゃー、こわぁーい。おしっこちびっちゃーう！」

女は、そう言って俺をバカにするように笑いやがったのだ。我慢ならねぇ、見た目は悪くねぇから飼ってやろうかと思ってたけど、ぶっ殺す！

手に持った角材を女に向けて振るうと、俺の攻撃に女は反応もできずにそれを受け――


――角材が砕け散った。


まるで巨大な岩をブッ叩いたかのような、手が反動でビリビリ痺《しび》れている。

「は……？　え？」

「はーい、正当防衛成立ぅー」

「て、てめェ、何モンだ――」

と、思うその瞬間、俺の見ている景色は一瞬で真っ暗闇に変わった。

急に明かりが消えたが、星空がよく見える広い場所にいるようだった。

「ッ!?!?」

何が起きた、何をした？　何をされた？

「おい！　何だこれ!?」

「てめ、何しやがった！　おぉん！」

「ああン!?……って、あれ、てめ、バラドか？」

周囲には、俺の他にも人がいた。

暗闇に目が慣れてくると、周囲の男達が多少見覚えのある連中だってことと、そこが廃《はい》墟《きょ》であることが分かってくる。なんだ、これは、一体？

その時、俺たちの周囲だけがパチッと急に光に照らされ、目を細める。光魔法だろうか。

ここだけ、切り取られた昼間のよう。

「はいはい皆さん。ちゅーもーく」

「あぁッ!?　てめ――えッ、あ……？」

太陽のような明かりの下、声のした方を見る。

その声は間違いなく、さっきまで俺が絡んでいた女。


そいつは、何もない空中に立っていた。


「てめ……何しやがった!?――ッ、あ、足が動かねぇ!? う、ぐっ!?」

ぶん殴るべく歩み寄ろうとした瞬間、俺の足はぴたりと、地面に縫い付けられたかのように動かなくなる。そして、上半身も、指一本動かせなくなってしまう。

自由なのは首から上だけ。

「なんだこれ！ なんだこれ！ 助けて！」

「ああ!? ふざけんな！」

「いやだ、なんで！ 助けてアニキぃ！」

廃墟の中、誰一人として動けず喚《わめ》く男共。

「えー、これから皆さんには、殺し合いをしてもら――じゃなかった。コホン。あなたはー、神をー、信ズィますカー?」

は？ 何言ってんだコイツ。この場の誰もがそう思ったに違いない。

「神様はー、お怒りデース。アナタたちが悪い人だからデース。人様に迷惑をかけるなって教わらなかったんですかねー？　ンー？」

「うっせえな、黙──」

「今まさにお前が俺らに迷惑を──」

「これはお前の仕業か!?　ブッ殺──」

声を上げたやつらの声がプッリプッリと聞こえなくなる。

「アー、神様はいつもあなたたちを面白半分に見ていらっしゃいますヨー。さて、どうやって懲らしめてやろうかとー……でっ、そうして遣わされたのが私ってワケよ」

親指でトントンと自分を指すイカレ女。

バカなことを──と言うには、今の現状がトンチキ過ぎた。

路地裏にいたはずが、この廃墟。目を閉じて開く一瞬きの間にこんな場所に連れてこられた俺達。これを神の御業と言わずしてなんというべきか。まさか、本物？

「じゃ、ちょーっとお仕置きすっからさぁ、反省したって人は手を挙げてねー。全員が反省して、自首しますと誓うまで続けるからね！　連帯責任だよ！」

「は？」

女がそう言うや否や、俺達はふわっと浮き上がり足が地面を離れた。

浮いている。いや、飛んでいる!?　凄いスピードで空へと飛び上がる俺達。ぐるんっと顔が地面の方になるよう、身体の向きを変えられる。

高い。そして先ほどまでの地面だけはクッキリと昼間のように明るいため、高さがよく分かる。

まるで鳥になったかのよう——などと、呑気《のんき》に思えたのはその地面が凄いスピードで近づいていると気付いた時だ。


落ちてる!!!


「うわあああああああああああああああ!?」

「ぎゃああああああああああああああああ」

「死ぬ、死ぬ!?　死ぬぅううううう!?」

風を全身に浴びる。急速に近づく真っ暗な地面。あわや激突——とその瞬間、地面に指一本分ほどの距離で、ピタリと停止した。

「は、はっ……は?」

ぶわ、と冷や汗があふれ出る。

死ぬかと、死んだかと思った。

「はーい、反省したかなー?……ンー、声が聞こえないゾ?　ワンモアセッ!」

「えぁ……？　あ!?」

離れていく地面。再び上昇していく俺達。

「え……え……？」


先ほどと同じ程度に十分な高さになったところで――落下……！


「ぎゃぁあああああああああ!!!」

「ひぃいいいい！！！！」

「は、反省、反省しましたぁあああああ!!!　あああああああ！！！！」


地面スレスレで、ピタッ……！


こ、これは、来るものがある……しかし、絶対止まると分かっていれば……耐えられないほどでは……！

「うぁあああ、腕がっ、俺の腕がぁあああ!!」

「あっ、ヤバ。ごめーん、ちょっと手元が狂ってミスっちゃった。直してあげるね？」

「ぎゃぁああああ、あああああああ!!!……あああ？　え、あ？」

「はい直った。あーしんど。こりゃ何度かミスったら直せなくなるな。その前に全員反省してくれたらいいんだけど」

……どうやら、この強制的に崖から突き落とされるような「仕置き」は、安全ではないらしい。


「は、反省したっ！　自首、自首するから！」

「お、俺もだっ、助けてくれ！」

「お。いい子ですなぁ、でも全員じゃないからもう一回だからね！　ワンモアセッ！」

イカレ女がそう言うや否や、またも上昇していく俺達。

「いやだぁああああああああああ！！！！」

「おがぁあああぢゃあああああああんん！！！！」

「――……」

「お、おい。失神してるやつがいねぇか？」

「ホントだ。……ってまて、全員が反省するまで続くって……」

「おい！　誰かが失神してたら終わんねぇってことじゃねぇよな!?　なぁああ!?」

その後、俺達は朝日が昇り、全員が「反省しました、自首します」と揃って言えるようになるまで——少しでもズレていたら再度「ワンモアセッ」——強制ダイブを続けさせられた。

全員が糞尿を漏らして、あられもない姿になっていたが——結果的には、死者と怪我人は誰一人いなかった。

「よしよし、皆反省したね！　いやぁもうすっかり夜が明けて私も眠くなってきてたから丁度良かったよ。うっかり全員手が滑っちゃうところだったわ。思いのほか手間でさぁ」

恐ろしすぎる。そんな発言と共に、俺達は気が付けばソラシドーレの町の外に転がされていた。

「……私のことは言うんじゃねぇぞ。お前ら顔覚えたかんな？　じゃ、解散！」

俺達はフラフラと、その言葉に、ようやく解放される、と涙を流した。

「あ。最後にここで一回しとく？　ワンモア——」

「「「「「反省しましたぁあああ!!!　自首しますぅううう！！！」」」」」

息ぴったりに全員で手を挙げて叫ぶ。

「チッ、しゃーねぇなぁ、じゃ、今度こそ解散な。誰かが自首しなかったり罪の白状が足りなかったりしたらまた拉致ってやるからそのつもりで。自分のだけじゃなく、他人のも含めて、知る限りの罪を全部洗いざらい吐くんだ。いいな？」

舌打ちと念押しが聞こえた。

俺達がその後、身を清めることも忘れて我先にと自首しに行くことになったのは言うまでもない。逃げ出そうとしたやつがいたら首根っこ掴まえて引きずっていくつもりだったが、幸い全員が同じ気持ちだった。

#SideEND

すっかり徹夜して眠かったので、拠点に戻った私はお昼までぐっすり寝た。

アイシアが先に寝ていたからその隣に寝たわけだけど……

「おはようございます、あるじ様」

「おはようアイシア」

アイシアは今日もまた私の寝顔を見守っていたらしい。うん、特にやること指定してないし暇なんだろうね。今のところ靴下を履かせっぱなしにしてるだけだし……

「あるじ様。お食事をどうぞ」

「ん、ありがと」

そう言ってアイシアはリンゴを差し出してきた。うん、小腹が空いたら食べてもいいよと置いといた、香水の元になったリンゴ（複製品）である。

「……リンゴだけだと飽きるよねぇ。もっと色々町で買っとこうか」

「その、材料とか調理器具とかがあれば、もう少しちゃんとしたお食事を作れますが」

「アイシアって料理できるの？」

「家庭料理程度であれば。基本は実家で教わりましたし、吟遊詩人として旅もしていましたから、少なくとも食べられるものは作れます」

おお……それは期待できるな。それなら、今日にでも色々揃えよう。そうしよう。

ついでに個室も作っておきたいな。どこ○もドアみたいな扉をおいて、それをくぐったら自分の部屋になる、みたいいな？　うん、鍵のかかる扉がほしい所存。プライバシーとかプライベートとかそういうのは大事だよね。トイレもちゃんと作らなきゃね。

と、そういえば昨夜念入りにシメたチンピラ共はどうしているだろうか。と、空間魔法でつけたマーキングを確認する。

もし自首しないで逃げだそうとしたやつがいたら宣言通り『ワンモアセッ』してやろうと思ったのだが、全員詰め所に集まっていた。正直に全員自首したんだろうね、よしよし。私は穏やかな心で空間魔法でつけたマーキングを解除した。

「さーて、それじゃあメインディッシュ、金庫《どれいしょう》のとこに行ってみるかぁー……あ、でもまてよ？　先に先輩のとこ顔出しておこうかな。心配してたし」

先日音信不通してしまった件については多少反省しているのだ。

私は先に先輩にチンピラ共を退治したことを報告すべく、ギルドへと向かった。

「というわけでお財布退治してきたんですよ」

「ってか、財布にしか見えてねぇのかお前……いやもういい。それで？」

「縄張りのやつ全部釣って、財布の中身は併せて銀貨5枚くらいだったわ。シケすぎ！」

こんなんじゃ木こりの方が圧倒的に稼げるよ！　と、ブレイド先輩に愚痴る。

「悪人ならもっと金貯め込んでなさいよって感じっすよね？」

「ホントに抜いてきたのか財布。まー、遊ぶ金は現地調達だろうし、手に入ったらさっさと遊びに行くのがあいつらだぞ。大金持ち歩いてるわけないだろ」

「言われてみれば。先輩賢者かよ」

仮にため込んでるとしても家とか金庫に置いてあるやつだろう。

ということは、そう。金庫。金庫だね！

「まーね。そんなわけでこの後で金庫――じゃなかった。奴隷商《どれいしょう》へとカチコミかけようかなって。どうです先輩もご一緒に？」

私が得意げにそう言うと、ブレイド先輩はまるで残念な子を見るように眉をひそめた。

「カリーナお前……」

「なんすかその顔は。先輩も魔法でアレコレしちゃいますよ？」

「あー、なんつーかなぁ……お前の仕業だったのはなんとなく分かってたんだけど……」

「言いたいことがあるならハッキリ言ってくださいっす！」

言い淀《よど》む先輩にそう言うと、先輩はやれやれと肩をすくめて重い口を開いた。

「……その奴隷商、今頃憲兵が潰し終えてるぞ」

な、なん……だと……？

「まって!?　私のお金は!?　横殴りとか許されざるよ!?」

「最初に金の話が出る辺りアレだなぁ……なぁお前、チンピラ共を自首させただろ」

「させましたね。なんだ先輩、今回は情報早いっすね」

「ウチの近くに詰め処があるんだ。んで、大声で『俺は○○しましたぁッ！』って話してたから聞こえてきたんだよな。やっぱりお前の仕業だったか」

なるほどね？　朝からご近所迷惑な自白をしてたようだ。

「で、その証言を基に早速憲兵が奴隷商に向かってった。そりゃもう、獲物に逃げられないよう迅速にな」

「あー。つまり」

私が寝てる隙に美味しい所——金庫の中身を掻っ攫われてしまったらしい。

……おのれ憲兵！　仕事が速いじゃねぇかちくしょう！　私が寝ちゃったのが悪いんだけどさぁ！


「ぐすん、私の金庫ぉ……」

「はやいとこ救出が必要な人もいただろうし、良かったんじゃねぇの？」

「くそう、パイセンが良い人すぎる」

尚、憲兵が回収したお金は被害者への補償に使われるらしいので今更横取りするわけにもいかないようだ。……そんな話聞くと今後も悪人からお金を奪いにくくなるじゃないかぁ！　もー！

「つーか、マジどうやったんだよ。あいつらそれなりに強いはずなんだけど、あそこまで怯えさせるとか尋常じゃないぞ」

「そりゃー、魔法でチョイチョイっすよ」

「……そっかー。やられる心配は一切してなかったけど……魔法ってすげぇなぁ」

俺も勉強してみようかな？　とブレイド先輩がこぼしたので、さすがに止めておく。私レベルは神様に愛されでもしないと無理だろうからね。

「はぁ。やっちまったなー。不完全燃焼なんだけど……」

「これから何か依頼でも受けるか？　付き合うぜ」

「うーん、木こりは禁止されてるし、ちょっと別の用事済ませるとしますわ。また今度」

「そうか……まぁなんだ。お前のおかげで多少治安が良くなったよ。ありがとな」

そりゃどういたしまして。

と、そんなこんなをブレイド先輩と話した結果、急に予定が空いてしまった。

そうだ、私は神様に報告に行くかな。靴下の納品もしよっと。

第三章

#Side奴隷商バレイアス

「はぁ……ッ、はぁ……ッ！」

俺様はこの町の奴隷商、バレイアス。今は、町の外を走っている。突然の憲兵、ガサ入れから逃げてきたのだ。

最悪なことに、俺様が面倒を見てやっていたチンピラ共が揃って一斉に裏切ったらしく、俺様の悪事がバレたのだ。多少ならもみ消せただろうに、ありったけ思いつく限り——俺様が覚えていない小さいことまで全部だ。

ンだよ、スラムのガキで遊んだり女性客をつまみ食いしたりなんて一々覚えてるわけねぇだろがよ！　畜生！

なんとか『支配石』の力で包囲網をくぐり抜け、ソラシドーレの外にある森の中までやってきた。魔物が出る危険な森、ではあるのだが、ここは俺様のホームと言っていい場所だった。

なにせ魔物も、俺様の『支配』からは逃れられない。何度かこの森の魔物に気に食わないやつを『処分』させたこともある。

俺様を裏切ったチンピラ共に代わって、俺様に仕える良い兵隊になるだろう。

「はぁ、ここまでくりゃ、大丈夫かな……ああクソ、どうしてこうなった？　俺様は何も間違えてなかったはずだ。誰かが俺を陥れたんだ……そうだ。そうに違いない！」

俺様を嵌《は》めたやつに復讐《ふくしゅう》をしなければ、この怒りは収まらない。とはいえ、心当たりはかなり多い。奴隷商ともなれば羨望の的、俺様が損をすれば得するやつが多いのだ。

だが、俺様には間違いなくアイツだ、という確信があった。

「犯人は、カリーナだな」

アイツは俺様の『支配』をはねのけることに成功した唯一の人間だ。つまり、えーと、とにかく！　アイツが悪いんだ！　アイツが現れてから俺様は散々な目に遭っているんだから、間違いない！

「クソがッ！　カリーナめ。アイツの髪を掴んで引きずりまわして組みしだいて、手足の先からスライムに少しずつ溶かして食わしてやる！　手足を全部溶かしたら最後はゴブリンの孕《はら》み袋の刑だ！　いや、オークがいいかな？　両方だな！」

俺様を嵌めたんだから、それくらい当然の報いだ！

そうときまれば、この森のモンスターを『支配』しに行かねばなるまい。俺様は『支配石』に魔力を流しつつ森の奥へと進んだ。

そうやって森の奥へ向かうと、ゴブリンの集落があった。

本来であれば人間である俺様は異物。襲われる対象だが、『支配』の力でゴブリンどもは俺に従う。実はこの集落は何度も利用しており、ゴブリンどもは素でも俺を王だと認識するようになっていた。

緑色の醜悪な人型魔物であるゴブリン。大きさこそ人間の子供程度だが、集団になれば冒険者パーティーを襲ったり、小娘一人を捕らえるくらいはできるのだ。こいつらは、そのためにこの森で育てていたゴブリン共だ。

ただしアホなゴブリンは人間の言葉をほとんど理解できないから、本当に大雑把な命令をなんとなくでしか聞かせられない。指さして「アイツを襲え」と意思を込めて吠《ほ》えるように言えば俺様の敵意を察知して襲ってくれる。だが「連れてこい」と言った場合は捕らえてくれるが、たまに仕留めてから持ってくる。そんな具合だ。

まぁ女を捕らえろという場合は――性欲を察知して、ちゃんと生きたまま捕らえてはくれるので問題ないだろう。

「まずはこいつらにカリーナを捕らえさせないと」

カリーナ本人に『支配』が効かずとも、ゴブリンに襲わせることはできる。俺様に許しを請う姿を思い浮かべ、クックックッと自然と笑いがこぼれた。

ああ、まちきれない。この集落にも二、三人は女を置いていたはずだ。暫くはそいつらで遊ぶか。ゴブリン共の繁殖用になっていただろうがまだ使えることを願おう。


木の枝や土で作った粗末な家に入ると草で作ったソファーがあり、そこに腰を下ろす。

――ゴブリン的には王宮と玉座だ。全く、本当にこいつらは頭が悪い。

が、礼儀的なものは心得ている。集落に増えた新入りゴブリンどもが挨拶にやってきた。

ん？　随分身体がデカいな。親が人間だからか？　きっとホブゴブリンってのだろう。上位種ならいい戦力になる。……ほー、なんだコイツ、一人だけチビで頭でっかちだな。鼻たれでブタみたいなマヌケな顔をしていやがる。ハハハ。


「さて、これからどうするか。まずはオークでも下僕にするか。カリーナで遊ぶときに必要だからスライムもだな……まってろよカリーナ、絶対許さねぇからな！」

今までは後々バレたときにすぐ処分できるようゴブリンしか従えていなかった。だが、もうその縛りはない。『支配石』の力で、俺はゴブリンだけじゃない、この世の王になってやる！　これから俺様の物語が始まるのだ！

「いいことを思いついたぞ。証拠隠滅を兼ねて、ソラシドーレの町ごと襲ってしまおう。町が消えれば、俺様の罪もなかったことになる！　いや、元々冤罪《えんざい》なんだ。俺様は悪くねぇ、俺様を認めねぇやつらが悪いんだ！」

そう叫ぶ俺を見て、ギィ？　と首をかしげるゴブリン共。

「ああ、まぁ、テメェらにゃ分かんねぇだろうが。あっちに町がある。悪者の町だ。女も食い物もある。カリーナもいる」

俺様は戯れにゴブリンにそう教えてやる。

「そこを襲うために、勢力を拡大する——いや、えーっと。もっと簡単な言葉じゃねぇと伝わらねぇか。あー、うん。群れの数を増やして、全員で町を襲うぞ！」

俺様がそう言って拳を突き上げると、ゴブリンどももギィギィ喚くように沸き立った。

「そうだ、ゴブリンだけじゃない。オークやスライムも仲間に入れるんだ。町は手ごわいからな！　分かったか、ゴブリン共！」

ぺしぺしとゴブリンの頭を叩き、言う。てか、この鼻たれゴブリンは他のと比べて少し頭が大きくて愛嬌《あいきょう》があるな。ま、所詮はゴブリンでしかないが。

さぁ、これから俺様の復讐が、俺様の物語が始まるぞ。

見てろよカリーナ！　支配者たる俺様に逆らったのが運の尽きよぉ!!　お前を〇〇〇して〇〇〇して、さらに〇〇〇を〇〇〇してやるからなぁーーーー!!

で、この集落に置いといた女共は？　え？　別の群れに取られた!?

くっそ！　その群れは絶対潰してやる！　あーあ。もう生きてねぇだろうな。

#SideEND

私、カリーナちゃん！　神様に色々と報告ってことで教会にやってきたの！

ついでにお友達のシエスタちゃんに大銀貨１枚をお布施《プレゼント》してあげたらとっても喜んでくれたわ！　お金は強いわね！

気持ちは金額じゃないっていうけど、金額は気持ちでもあるのよ！


まぁそれはさておき。

一番前の席に座ると同時に、神様空間へと移動する。また星空のような宇宙空間タイプだ。最初の白い世界は初回限定なのかもしれない。

「神様ー、納品に参りました」

「まってましたよ！　さぁはよ出すのです！」

飛び掛かってきた金髪美幼女な神様を引きはがし、収納空間に仕舞ってあったサティたんの靴下を取り出す。……うぉう、脱ぎたて直後を時間停止して保存してたのか、やはりニオイがきつめだ。かかと付近や指のところで擦り切れたのを繕った跡もある。

そんなボロ布同然の靴下を、神様はシュバッとひったくるように奪っていった。

「きたぁ！　最高ですよカリーナちゃん！　あー、ガツンと来る目に染みる香り！　使い込み具合、香り、保存状態、羞恥心！　全てが最高級です。ぐっじょーぶ！　ああ、手縫いで丁寧に塞がれた穴はもはや芸術！　これは文句なしの100SPですよ!!」

おお、さすがサティたん、満点評価である！

「100SPということは、その」

「はい！　コッショリ君と交換ですね、もってけドロボー！」

「ドロボーじゃないですけどあざーっす！」

ぽいっと投げられた卵形の像――コッショリ君。これで私も一人時間で安心してコッシヨリできるというものだ。うんうん。……さすがにこの子供みたいな神様が見てるかもと思いつつ、アレコレソレなコトはできないからね……！　まだ自分では胸揉むくらいしかできてないんだよね。

「……ポイント足りなかったらローンやリボ払いを勧めて沼に叩き落とすコースだったのに。まさか初回から満点評価とは……カリーナちゃん、恐ろしい子っ！」

「恐ろしいこと言わんといてください神様」

私、借りってなるべく残したくない主義なの。借金とか落ち着かない。

「ところで神様？　私、これ正気じゃない時に手に入れたのにもかかわらず、ちゃっかり時間停止設定までして収納してたんですけど……私に憑依とかしました？」

「してませんよ。前にも言いましたが、カリーナちゃんのその身体は靴下欲強めなので、保管も完璧なんですね。神様ウソツカナイ」

本当かなぁ……いや信じるしかないんだけどね？　嘘だとしてもどうしようもないし。

「しかし本当にいい働きです。テキトーに送り込んだのにこうして最高クラスの靴下を短期間に2つも貢いでくれるなんて！　これは才能ですね！」

「う、うーん？　どうも？」

「やっぱり男性の魂に可愛い女の子という形で正解でした。中身が女だと積極性に欠ける。身体が男だと警戒されてこうはいかない。私の慧眼《けいがん》ということでしょう」

「まぁそれでいいですハイ」

「ま、カリーナちゃんならほっといても靴下の方から寄ってきますよ！　そういう星の下に生まれたに違いありません！」

「神様が作った身体ですよね？？？」

多分その靴下臭い星もこの神様の管轄に違いない。

「今後の納品も期待してますよカリーナちゃん！　アイシアちゃんの奴隷靴下も楽しみにしてますね？」

「……まぁ他にすることもあんまりないですし、はい」

私が色々と操られている疑惑はあるものの、それほど不利益があるわけでもないので今後も神様には媚《こ》びていこうと思う。靴下納品の方向で。

「あ。そうだ神様。チンピラどもを懲らしめた話します？」

「そうですね、してください。まぁ見てましたけど」

見てたんかい。

「だって、私を引き合いに出しましたよね？」

「……確かに？」

「呼ばれたら気になって見に行くでしょ？」

「……確かに」

神様を信じるかとか、神が怒ってるとか、そういう風にチンピラ共を脅した気がする。

「それに、ある程度の興奮状態を検知したら、気になって覗いちゃうじゃないですか」

「興奮状態」

「ええ、何か楽しいことしてるんじゃないかって。お楽しみなシーンは私も見たいじゃないですか？　鑑賞用としてはカリーナちゃんの身体って最高なんですよねぇ、私そっくりな美少女ですし。やっぱり感情移入しやすい外見は重要ですよね！」

興奮状態もキーになってたかぁ。

「分かりやすく言ったら配信者のライブ配信通知ですね。あ、毎朝のショートライブも見てますよ」

私、興奮したら神様に通知行くんだ？……コッショリ君貰って正解だったな。

「で、今回のチンピラ退治ですが……とっても楽しめました！」

「それはなによりでした」

「強制スカイダイビングは彼らも楽しそうでしたねぇ」

「ええ。あ、ちゃんと急所だけはガードしてたんで、一応命は保証してましたよ」

「別に殺しても良かったと思いますが。カリーナちゃんは心優しいですねぇ、いいこいいこ」

ニコッと笑い、私の頭を撫でる神様。

まるでアリの生死を語るかのように殺しても良かったとかアッサリ言うあたり、少女の外見でも上位存在なんだなってさりげなく思い知らされるなぁ。


「神様的には人の命とかどうでもいい感じなんですか?」

「目をかけてるニンゲン以外は別にどうでもって感じですねー。別に私、この世界の信仰が必要ってわけでもないですし。他にもいくつか世界所有してるんで」

「世界ってそんな『パソコン何台も持ってる』みたいに所有できるもんなの!?」

「ええまあ。私くらい上位の神ともなれば当然ですよ?」

この世界については完全に趣味扱いらしい。

……そんな趣味の世界で恋人の名前を騙るバカが湧いたら捻り潰したくもなるよな。

「悪人の成敗で私のことを出すのはそれっぽくて面白いのでアリですね。今後も自由に名前を使っていいですよ! ひかえおろー、みたいな感じで!」

「……いいんですか？　というか水戸のご老公様も御存じなんですか」

「神様なので！」

神様だもんなぁ。リボ払いとかライブ配信とかも知ってたし今更か。

「むしろ面白そうな場面では『御照覧あれ！』って感じで私を引き合いに出してください。見物します。むしろ呼んでくれなきゃ拗《す》ねるまでありますす」

神様の使徒である私が神様を引き合いに出すことで、簡易的に儀式として成立し、よく見えるようになるらしい。

具体的には映像の解像度上限が上がるとか。

「なんなら演劇とかお祭りとかでも気楽に呼んでください。別につまらなくても怒らないんで。神様、雑談配信なんかも好きですよ？」

「……神様ってヒマなんですか？」

「ヒマですねぇ。時空神って時間がいくらでもあるんで。あ、コッショリ君展開してたら見えないのでそこだけは気を付けてください。暗黒無音配信はノーサンキューです」

「分かりました。まぁ、機会があれば呼びますね」

「わーい！　面白かったらＳＰ査定にボーナスを付けてあげますね！」

おおっ、ボーナス。それはありがたい。納品する靴下が少なくて済むなら、面倒も減るというものだ。

「とりあえず今回はもう査定しちゃったし、オマケ情報を授けましょう。明らかに回収してもよさそうな神器がこのソラシドーレあたりにひとつありますよ」

と、そういえばＳＰを手に入れる手段はもうひとつ、神器の納品があったっけ。

「あの。そもそも神器の場所が分かるなら、教えてくれれば回収に行きますけど？」

「え、それじゃ面白くもなんともないですよね？」

あれれー？　私の記憶だと神器が回収できないと世界のエネルギーが赤字で世界崩壊の危機だったような……って、神様がエネルギーを補充すれば別に崩壊しないんだから、神様的には「所詮その程度」レベルの話か。

神器を回収するより靴下を集める方が大事なのは間違いない。

「んじゃ、今後とも私を喜ばせてくれることを願います。サラダバー、ノシ」

「あっ、はい」

サラダバーって。それもう挨拶じゃないですよね神様？　あとノシについてはもうツッコまないことにした。そもそも横書き文字ならともかく言葉で言われてもなぁ……あ、しまったツッコんじまった。

＊＊＊

神様とお話しして帰ってきた。神様は相変わらずえっち……というかド変態だった。あの金髪ロリ神様、ホント好きに生きてるな。私も斯《か》くありたいぜ。


「……ていうか、なんかすっかり神様の眷属だよなぁ私」

「御同輩？　何をいまさら。私たちは生まれた瞬間から神の子ですよ」

にこりと微笑むシエスタ。可愛い。そういや私教会にいたんだった。

「ずっとそこにいたの？」

「神様とお話しされていたんですね。こちらでは数秒程度です……おや、その卵は？」

「ん？　ああ、神様から貰った覗き見防止の魔道具、コッショリ君だね」

神様の世界で貰ったものだが、普通に現実に戻っても手にしていた。

「そいや、シエスタもこういうの貰ってるの？　神様からのご褒美」

「ご褒美ですか。ええ、もちろん貰っていますよ。主にスイーツを」

「スイーツ。神様ホントなんでもアリだなぁ」

私のカタログにも載ってるだろうか？　とカタログを取り出して開いてみる。

「おやそれは？」

「前回神様から貰ったご褒美カタログ。あ、スイーツ載ってる。へぇー色々あるなぁ」

日本で見かけたことのあるコンビニスイーツはもちろん、異世界フルーツを使っているスイーツまで幅広いメニューが記載されていた。ちょっと気になる。

「普通に美味しそうなんだけど、安いのは50ＳＰ、高いのは５００ＳＰ。それなりに面倒くさそうだな……」

ていうか５００ＳＰって神器１つ分じゃん。どんな味がするんだろう。

「見合うだけの働きが求められるのも当然かと。異世界スイーツは神様じゃないと手に入れられないですからね」

「確かに。これはちょっと魅力的だなぁ……」

そんな風にパラパラとカタログをめくっていると、とある品に目が留まった。


――『生理スキップ薬（1回分）：35ＳＰ』

説明文を見ると、月一のアレを1回スキップできるご褒美だった。『生理の途中で使った場合はその時の生理が即座に終了します。直前の使用を推奨！』とのこと。

……そっかぁ、今は女だったなぁ私。っていうかカタログに載ってるってことは、生理あるんだ私。

「……シエスタはこういうの使ってるの？」

「あ。私サキュバスなんで、生理とか自分で自在に操作できます」

種族特性いいなぁっ！

とはいえ、世の中の女性は毎月自力でこれを乗り越えてるんでしょ？　私だって気合でどーにか……

「ふふ、御同輩は神様に愛されていますね。羨ましい」

「……どこがです？　搾り取ってやろうって気が満々ですよ？」

「え？　ああ。もしかして初潮前でしたか？」

初潮て。……いやそれは言われてみたら確かにそうだけども。

「御同輩の生理、超激重ですよ？　私サキュバスなので分かりますが」

「えっ」

ナニソレコワイ。

「おや、ここにさぶすくりぷしょん？　なるものが書かれていますよ」

カタログを覗き込んだシエスタがページを指さす。

「ん？　サブスクとな？」

なになに『月々30ＳＰで生理薬が毎月1つ貰えます！　初月登録無料』……神様、定期的に継続した納品をお求めですか。そうですか。

「やはり愛されていますね。毎月あたり一人分かそこらの靴下でその激重な生理を解消できるなら、ぜひやっておくべきです。するとしないでは人生が違うと思いますよ」

「は、ははは。そうかなー？」

サキュバスのシエスタが勧めてくるならガチでそうなんだろう。

ちくしょうなんてこった！　神様め、そんな地雷を仕込んでいたのかッ!?　この罠が愛というなら愛などいらぬと叫んでやりたい。


こうなったら……神器を見つけて納品、パァーッとサブスクに使ってお釣りでスイーツ食べてやらぁ!!　神様曰く、ソラシドーレに回収して良さそうなのがひとつあるらしいからそれを見つけて回収せねば！　早急に！

#Sideアイシア

私はアイシア。ハーフドワーフで元吟遊詩人の奴隷です。

ただし、つい先日まで両腕と顔、そして喉という吟遊詩人として最も大切な3つを全て潰された状態でした。


あれはそう、錬金王国での出来事です。いつものようにとある商店の宣伝を歌ったんですが、そことライバル関係にあった商会に因縁をつけられて見せしめにされました。

なんで私が、と恨むしかない不運。ですがそれ以上に吟遊詩人としての全てを潰されたことに絶望し、失った腕の痛みに苦しみ、時間の感覚も分からず――先日確認したら3年間――私が宣伝した商店はとっくに潰れているのに、生かさず殺さず牢獄のような環境で見世物にされました。

なまじドワーフの血が入っていて頑丈だったので、死なずに生きながらえて。奴隷契約のせいで舌を噛み切ることもできず、ずっとずっと絶望の中にいました。

錬金王国からソラシドーレに売られたのは、飽きたから、と、取引のついでに、というどうでもいいような理由でした。ただ、足は手つかずで無事だったので、引きずられるようにしてひたすら歩かされた記憶しかありません。

それで結局、ソラシドーレに売られてからも見せしめ――というか、最初にとてもひどい状態である私を見せて、その後に見せる奴隷を「アレよりマシだ」と思わせるための当て馬にされていました。当然、そんな私が売れるはずもありません。いつになったら死ねるのだろうと、頑丈な自分の身体を恨んだこともありました。

ですが、そんな私に転機が訪れました。あるじ様との出会いです。

あるじ様は私を見ても平然としていて、その場で交渉し金貨1枚で買う約束を取り付けてくださいました。その後、本当に私を買ってくださったのです。その時はまだ「私のこと殺してくれる人なのかな」とか考えていましたが。

そして。

奇跡です。そう、奇跡がありました。失われていた私の腕が、声が、顔が、あるじ様の魔法によって蘇ったのです！　腕が痛くないどころかちゃんとあります。視界がボヤけるどころか顔があります。息が苦しいどころか歌声を紡げます。苦しみから解放された私は、思わず涙を流してしまいました。

欠損は回復魔法では治せず、より高位の神聖魔法でも時間の経ったものは治せなくなります。難度が跳ね上がるその境は約1年と言われていますが――3年。古傷といって差支えないそれらを、あるじ様は瞬く間に治してしまったのです！

しかも私の身体には呪いの刺青を入れられていました。徹底的に、見せしめのために、治癒の魔法が効かないはずの身体にされていたのに……

……神です。神様です。こんなこと熟練の神官様でもできないこと。私のあるじ様は神様に違いありません。こんなの一生をかけてお仕えするしかありません。


名乗りを自分で決めてよいとのことだったので、私は自分の愛称であるアイシアと名乗ることに決めました。あるじ様には、愛称で呼んでほしかったので。

「アイシアには今後一生私に仕えてもらうから、今後私に嘘つかないように。命令だよ」

「かしこまりました、あるじ様。一生お仕えします」

なんなら更に愛称の愛称を付けてくださってもかまいませんよ？


と、恥ずかしいことにおなかが鳴ってしまいました。

「これでも齧っといて」

あるじ様はそう言って黄金色の果実を私にくださいました。……な、なんですかこのとてつもなく芳醇《ほうじゅん》な甘い香りのマナは！　り、リンゴ？　これがリンゴなんですか？　私の知るリンゴは色が赤いんですが……え、食べても良いんですか？　こんな美味しそうな果実を……！

え。これがおやつ？　い、いくらでもあって好きなだけ食べていいんですか⁉　この数年残飯とゴブリンの臓物しか食べさせてもらえなかった私にいきなりこんなもの食べさせていいと思ってるんですか⁉　ありがとうございます！

「で、では早速いただきます！」

黄金色の果実にかぶりつくと、じゅわりと甘い果汁が口の中に広がりました。同時に、身体にマナが満たされていく充足感。まさかこれが伝説のアンブロシアの果実？　やはりあるじ様は神様だったのですね……

「え、酸っぱいとこでも食べちゃった⁉　大丈夫⁉」

思わず涙がこぼれていたようで、あるじ様を心配させてしまいました。……その後外で少しだけ食べた3年ぶりの人間らしい食事も、この果実の前には霞《かす》んでしまったのはここだけの話です。（果実については人間の域を超えていたので人間らしい食事ではないものとします）

……ところで、あるじ様のお屋敷ってどこにあったんですか？　出かけたのも帰ったのもいつの間にかで混乱しかないんですが。

その後、眠気に襲われて私はあるじ様より先に寝てしまいました。起きた時、あるじ様がお隣に寝ていてドキッとしたのはここだけの話です。

あるじ様、まつげ長いし唇ぷるっぷるだし肌もスベスベ……よく見ると美少女すぎて女の私でもドキドキしちゃいます。黒曜石のように艶やかな黒髪はブラシをかけ続けたいですね。

……ハッ、いけません。あるじ様のためにお仕事をしなければ！……といっても、何をしたらいいのでしょう。そうだ、あるじ様のお食事を用意しておきましょう。……あるじ様が山積みにしたあの果実をひとつ持ってくるだけですけど。

起きたあるじ様にお食事を提供するも、あるじ様は人間の食事に興味がおありのようでした。おそらく食事とは別に嗜好品ということでしょうか。

え、私のお料理をお召し上がりになりたいと？　はい。お任せください！　頑張ります！……えーっと。それだけですか？　あの。もっとこう、あるじ様に受けた恩を返せるような仕事とか……なんでもしますよ？　私。

あるじ様が男性だったら分かりやすく身体でお礼できたんですが……むむむ。神様に性欲ってあるんでしょうか？　子供作る神話もあるし、きっとありますよね？　はっ。女神同士で子供を作る神話もありました！　これはもしかしたら私にもチャンスがあるかもしれませんね！


それから2日ほど。あるじ様が私のためにお屋敷の環境を整えてくださいました。

というか、お屋敷……？　お屋敷、なんでしょうか？　地下かと思いましたが明かりがないのに明るくて、そもそも壁がありません。……部屋、ですらなかったですね？

あるじ様曰く『拠点』とのことですが、この『拠点』、最初はあるじ様が寝るための寝床とおトイレくらいしかありませんでした。

神様であるあるじ様にはこの程度で十分だったのでしょう。


というか、あるじ様が「部屋があった方が良いよね？」と言うと、どこからともなく丸太が現れて。丸太はあるじ様の前で勝手にバラバラになり、浮かび上がり、くっつき、扉になってました。ドアノブは石で作られていました。

え？　なんですかそれ。魔法？　私の知ってる魔法と違う。

「とりあえず私はここを部屋としよう」

そう言って扉を床に立たせるあるじ様。その扉は何なのか、いったい何をしているのかと見ていると、おもむろに扉を開けるあるじ様。……その向こうは、白い壁のある部屋になっていました。

「……えっ!?」

驚いて扉の向こうに回り込みますが、何もありません。裏側はドアノブもない板です。

「な、なんですかこれ？」

「部屋だよ。増築？　みたいな？」

私の知ってる増築と違いました。そしていつの間にか寸分違《たが》わぬ扉がもうひとつあるじ様の手の中に。

「アイシアの部屋はどこにする？」

「え、お部屋をいただけるんですか？」

「うん。広い方が良いとかあったら好きにリクエストして。調整するからさ」

「じゃ、じゃあ、あるじ様の部屋の向かい側が良いです！　大きさとかもあるじ様の部屋と同じが良いです！」

「オッケー。……扉が同じだから紛らわしいな、あとでネームプレート付けよう」

そう言いながら、私の部屋ができました。だから私の知ってる増築と違うんですが……ああそうか。これが神様の増築なんですね。ええ、きっとそうなんですね。

ともあれ、これで毎朝起きたらあるじ様の部屋へご奉仕に直行できます！

「あ。鍵はかかるようにしておくからね。やっぱりプライベートとかプライバシーは大事だからさ」

「……そうですね」

そう言って、あるじ様は部屋の内側にかんぬき錠を付けてくださいました。あるじ様の部屋も同様に。むむむ、まぁ仕方ありませんね。あるじ様も一人になりたい時があるでしょうし。私は常にあるじ様に侍りたいですが。


その後、トイレとキッチンができ、最初の部屋……空間は『リビング』ということになりました。

キッチンについては、最初あるじ様が持ち込んだ石で私がかまどを作って野営料理を振舞ったのですが、ご不満だったようで翌日にはキッチンができていました。

それも、石の調理台だけではなく「ついでに作っとくかぁ」と入れたものが凍り付く箱だとか、岩をくりぬいて作った常に温かいオーブンだとか、そもそも新鮮な食材や出来立てのままの料理を保存できる入れ物だとか……理解の範疇を超えすぎている代物がポンポンと置かれていきました。ええと。これが「ついで」ってなんなんですか、あるじ様？

「空間魔法のちょっとした応用だよ。好きに使ってね」

「とにかく凄いってことは分かりました。ありがとうございます」

謎です。謎過ぎます。便利なのは間違いないんですが。

「あ。そうだ。アイシアにひとつ仕事を頼みたいんだけど」

「ハイ喜んで！　何をいたしましょう！」

私はなんでもやりますよ、あるじ様！

「探し物があるんだよね」

情報収集のお仕事ですか？　任せてください、元吟遊詩人の情報収集力、お見せいたしますよ!!　裏社会に潜入捜査だってしてみせま――

「お使いのついででいいからね。私も探すし」

え。そんな片手間程度の重要度なんですか？


……あの、ホントもっとこう、あるじ様に受けた恩に見合うだけの仕事ありませんか？

ホントは私もう死んでて都合のいい夢を見てるんじゃ……って逆に怖くなるんで、何かもっとこう……もっとこう大変な仕事を申し付けてくれてもいいんですよ!?　毎日血を売ってこいとか言われても喜んで売ってきますよ!?

ううう、待遇が良過ぎて落ち着かないんですよぉ……！

#SideEND

「あるじ様。今日もお疲れ様です」

「あ、うん。ただいま」

と、そんなこんなで数日が経過した。早い。日数経過が早い。あれから私は神器の情報を求めてソラシドーレの中をあてもなく彷徨《さまよ》い、ついでに冒険者ギルドの町内配達依頼で日銭を稼いでいた。アイシアにも神器の情報を探らせるべく、日中はおつかいも兼ねて出歩かせている。収納空間への出入口はすっかり治安のよくなった路地裏のひとつに設置しておいた。

「アイシアの方は何か情報あった？」

「奴隷商――元奴隷商のバレイアスに、懸賞金がかかると聞きました」

「へぇー」

そう。奴隷商のやつ逃げ出してたらしい。憲兵ちゃんと仕事しろ。

ついでに言うとアイツ相当貯め込んでいたようで、特に店の金庫からは大変貴重なポーションが見つかったらしい。被害者への補填を十分にしてもお釣りがくる代物で、冒険者ギルドでも商人ギルドでも話題になっていた。（アイシアは別に被害者ではないので損害

補填対象外だった。ちょっと残念)

「懸賞金もこのお釣りから出てるみたいですね」

「ああくそう、私が先に突撃していればそのポーションも貯め込んだお金も私のモンだったのにぃ！」

懸賞金がかかると知ってたらマーキングしてたのになぁ。捜そうにも顔を覚えてねぇ。

……まぁ今は神器を探す方が優先か。奴隷商は後回しの気が向いたときでいいだろう。

「あるじ様の方は情報ありましたか？」

「全然だねぇ。あ、これおみやげ」

「おお！　包丁ですか！　これであるじ様の手を煩わせることなく食材を切れますね。早速キッチンに置いてきます」

と、アイシアに雑貨屋で買ってきた包丁を渡すと、キッチンへ置きに行った。尚今までは素材の収納と同時に切っておいたので別段煩わされた記憶がない。カット野菜みたいで便利と思ってくれればよかったのだけど……料理する立場としては自分でカットも凝りたいみたいだね。

そう、キッチン。作ったのだ、部屋を。

今までの場所をリビングとして、キッチン、トイレ、そして個人用の部屋を作った。部屋の境目は簡単なかんぬき錠つきの扉を自作。某どこにでもつながりそうなドアに似た感じで収納空間に置いてある。扉を開ければマトリョーシカのように更なる収納空間、つまり各部屋へとつながるという寸法だ。収納空間にぽつんと扉だけが向かい合って立っているのは中々にシュール。

先輩から教えてもらった木工が捗《はかど》ったぜ。山で採ってきた生木を空間魔法で切ったりくっつけたりしたからそのうち歪みそうだけど、その時はその時で空間魔法で直すから問題なしだ。

そんな風に、収納空間の拠点にも少しずつモノが揃い始めている。

特に頑張ったのはオーブン。山で見つけた大岩を空間魔法で切り出して作ったんだけど、コレの内側を『２００℃固定の空間』としていたりする。余熱もへったくれもないけど、定温で調理できるとアイシアには好評だ。実際これで作ってくれたポトフはとても美味しかった。

一方で冷蔵庫や冷凍庫も作ったのだけど、氷みたいな冷やす目的ならともかく食料品の保存という点では時間停止空間の方が圧倒的に便利だった。できたてホカホカをいつでも食べられるし、なんなら複製したら食べ放題だし。

……食べ物を複製するのはいいのかって？　個人用で売るわけじゃないからＯＫってこ

とで。アイシアが作ってくれた分とかある程度はちゃんと消費するけど、アイシアを飢えさせるわけにもいかないしね。

尚、まだアイシアには手を出していません。いやその、あれじゃん？　いざ自分から誘おうとなると、なんて声かけたらいいかサッパリ分からないんだよ。命令しようとすると緊張して固まっちゃうんだけど、そうすると「あるじ様？」とキラキラした瞳で見上げられ、なまじハーフドワーフで未成年っぽい見た目だから罪悪感ががが……！

うう、いっそ初日にそういうことしてしまっておけばそういう流れでデキたのに！　なまじカッコつけちゃったからさぁ！　きっかけがさぁー！

と、アイシアがキッチンから戻ってきた。手にはクリームシチューとパンを載せたトレー。今日の晩御飯だ。リビングのテーブルに並べて、一緒に食べる。

「いただきまーす」

「今日のお恵みをくださるあるじ様に感謝を捧げます。ありがとうございます、あるじ様」

「……ねぇ、ご飯のたびに私に感謝捧げるのやめない？」

「ご命令であればやめますが、心の中では引き続き捧げます。いかがしますか？」

「ううっ、なんて強情な奴隷なんだぁ」

最初は『私は奴隷だし畏れ多いので』と同席するのを遠慮していたくらいだからこれでもマシになったと言えるんだけど……アイシアってば私のこと神様か何かだと思ってるよね。私ってばせいぜい神様の使いっぱしりだよ？

「……じゃあアイシアにも『いただきます』で食べてもらいたいなぁって」

「分かりました。『(あるじ様のお恵みに感謝して）いただきます』ですね」

なんか余計な意図が含まれている感じはするけどそれでいいとしよう。

……ハッ!?　そうか、これはあれだ。シルドン先輩の教え。露骨に私からの好感度を稼ごうとしているんだ、間違いない。迂闊《うかつ》に絆されないようにしなければ……！　だって私、まだアイシアに大したことしてないもん！　この忠誠心は絶対おかしいよね!?

私は木のさじでシチューをすくって食べる。んーむ良い塩加減。ニンジンも甘みがあってホクホク美味しい。ブロッコリーも好きだよ私。ホワイトソースがたっぷり絡むと尚更美味しいよね。お、鶏肉大きいのあった。ジューシーでうまうま……え、これ鶏肉じゃないの？……メガフロッグ《カエル》肉？　まぁ靴下よりは普通だね。美味しーい。

「それと、関係があるかは分かりませんが魔物の森が妙なことになっているそうです」

「魔物の森？　っていうと、木こり依頼で行ったとこかな」

あそこの森はモンスターが出るので伐ってこれるなら好きにしろという伐採可能な森だ。中型犬サイズのメガフロッグが徘徊《はいかい》したりしている。

「このメガフロッグも、まるで奥から追い立てられるように現れたとかなんとかで」

「ほほう。それはつまり、森の奥になにかある、と言いたげだねぇ」

そこに何かあるとすれば、神器かもしれないというわけだ。

「はいあるじ様。仮説ですが、これがひとつの物語であるとすれば、奴隷商のバレイアスが神器を持ち出し、森の奥に潜伏してなにかしている……そういうことではないか、と愚考します」

……わぁい、マジで有能じゃないかアイシア。すげぇや。

「よし、それじゃあ今日は魔物の森見に行ってみようかなー」

「あるじ様、差し出がましいようですが、危険では？」

そういやアイシアは私が神様級に強いのを知らないのか。腕を生やせるのは身をもって知ってるだろうけど。

「大丈夫、私強いから」

「なら大丈夫ですね！」

あれれー？　秒で納得したぞ？……奴隷ってご主人様の発言を信じる呪いでも掛かってんだっけ？　まぁいいんだけど。


というわけで冒険者ギルドにやってきた。

一応魔物の森の調査依頼とか出てたら受けといて損はないからね。と、冒険者ギルドの依頼掲示板を見に行く途中、ブレイド先輩が声をかけてきた。つーかいつもいるな先輩。暇なのかな？

「お、カリーナ。丁度いいところに」

「はい？　どうかしましたか先輩」

「木こり行こうぜ。木こり」

はて、と私は首をかしげた。なにせ木こりは儲かるけどやり過ぎてギルドからもう止めといてくれと言われていたはずだったからだ。

「ほら、最近森の様子がおかしいって聞いたことないか？」

「ああ、そういや聞きましたね。木こりと何か関係が？」

「木こり冒険者がそれで大怪我しちまったらしい。で、依頼失敗。回復にかかる期間の分、俺達に一日だけ木こりをやらせてもいいってことになったわけだよ」

　なるほど。一日だけの木こり復活ってことか。

「取り分は前の通りで。どうだ？　やるか？」

「いいっすよ、私も丁度あの森に用があったところなんで、調査依頼か何かないかなって探そうとしてたんすよ」

「丁度いい、その調査依頼なら俺らが受けてる。お前も入れてやろう。……こっちは4等分だぞ。さすがに調査は長年の経験がモノを言うからな！」

　ブレイド先輩、木こりついでに調査依頼もこなして儲ける気だったらしい。ちゃっかりしてるなぁ、見習いたいわ。

「良かったなブレイド。カリーナが協力してくれるならシュンライ亭のツケも払えるだろ。姐さんもいい加減払えって言ってたしな」

「ありがとうねカリーナちゃん。木こりの分け前が貰えるなら姐さんにどやされなくて済むよ」

　と、シルドン先輩とセッコー先輩。

「ちょ、カッコつかねぇだろ。言うなよ……あー、まぁその。払えねぇわけじゃねぇんだぞ？　ただ今は手持ちがないだけで」

「それを払えないっていうのでは？……まぁ巡り巡ってハルミカヅチお姉様が喜ぶなら喜んで協力しますとも」

私が木こり受けないって言ってたらどうする気だったんだろう……先輩達ならドヤされながら時間かけて払うだけか。むしろお姉様に怒られるのでご褒美では？　うらやま。私もツケで飲ませてもらえないかなぁ。


ともあれ、頼れる先輩達が共に森を調査してくれるならこちらも都合がいい。Ｗｉｎ－Ｗｉｎというやつだ。

「うし！　そうと決まればパッと行ってパッと帰るとしよう。行くぞカリーナ！」

「うっす！　まずは荷車借りないとっすね！」

「ちょっとちょっと！　依頼の手続きしないと！」

「セッコー頼んだ！　門で合流な！　シルドンは二人分荷車運んでくれ」

あと私、先輩についてく後輩ムーブが嫌いじゃないのである。あれだ、引っ張ってくれる人がいると楽できていいよね？


はい、森へやってきました。

「……うーん。森が荒れてるな」

早速ブレイド先輩が玄人っぽいことを言い出した。

「先輩。もうちょい分かりやすく説明してください」

「なんかこう、人が出入りしまくってるような感じしねぇか？」

と言われても、やっぱりよく分からない。道中で何匹かゴブリンを狩ったので、モンスターが増えているのは間違いないけれど。

「カリーナちゃん、ほらここととか見て。ここ、足跡や枝が茎に折れた跡なんかがあるでしょ。そういうとこ見るんだよ。ほら、これとかは折られてからまだ新しい。新鮮な跡だ」

「お！　さすがセッコー先輩っすねぇ！」

言われてみれば、子供の足跡のような形跡がある。低い位置の枝が折れたりもしている。それも割と多く。時間が経っていそうなものもあれば、まだ新しいものもある。

「事前に聞いた話だとオークが3体出たらしい。ここにその痕跡もある」

セッコー先輩の言った場所には確かに大きめの足跡がついていた。へー、これがオークの足跡。勉強になるなぁ。

「フッ、こういう調査はセッコーが得意だからな。俺もなんとなく分かるんだが」

「そのなんとなくを明文化して分析するのが調査なんだけどねぇ。分かってる？」

「細かいところはセッコーに任せる。それが俺達『サンバッカス』の役割分担!!　だろ、シルドン？」

「やれやれ。いっそすがすがしいな。いいのか？　後輩が見てるぞ」

「カリーナも俺達みたく役割分担できる仲間がいれば良いってことよ。釣り合うやつがそうそういるとは思えないけどな。俺ら含めて」

先輩達仲良しだなぁ。


「とりあえず木こりしときます？」

「まって。……ああ、ここが襲われた場所っぽいね。伐りかけの木がある」

「いっそ大きな音を立てて呼び寄せてみます？」

「バカかカリーナ。そんなことしてオークに囲まれたらひとたまりも……いやお前なら大丈夫か？」

「多分大丈夫っす！　まだ狩ったことないけど、首を落とせば死ぬやつですよね？　オークの首って丸太の数百倍くらい頑丈だったりします？」

「丸太の方が頑丈だよ。……首を落として死なないやつなんてこのあたりで見たことも聞いたこともないし、余計な心配だったな。……俺らも守ってくれよ？」

情けないこと言わないでくださいよ、先輩。

私は、早速木を伐り倒した。あえて軽減させたり浮かせたりすることなく、その木がバキバキずどーんと大きな音を立てて倒れるままにする。音に驚いた鳥がばっさばっさと飛び立っていった。

「フッーの木こりって、この音どうしてるんすかね」

「どうもしない。周囲を警戒して攻撃に備えるんだよ」

「つまり、今の私達みたいな感じっすね。あ、ゴブリン発見」

森の奥の方に動く3匹のゴブリンを見つけた。こちらの様子をうかがっているようだが……倒してしまうか？

「妙だな。こちらに気付いてるのに襲い掛かってこないぞ」

「ということは、フッーは襲い掛かってくるんですね」

「ただのゴブリンなら3匹も集まってたら人間に襲い掛かってくるはずだ。やべーかもしれねぇ」

焦るブレイド先輩。あ、1匹が離れてった。

「そりゃゴブリンにも多少は知能があるんじゃないんですか？　モンスターだし」

「そのな。ゴブリンが村とか作ってたら、上位種が生まれてくる可能性があるんだよ。んで、そういうやつらが生まれると、その集団全体の頭が良くなるんだ」

『強い仲間をまって襲い掛かろう』という、いわゆる『まて』を覚える。逆に勝てそうにないなら逃げるため、かなり厄介になるのだ。森はゴブリンたちの縄張り。そこを逃げられたら、簡単には倒せなくなる。

「つまり。ゴブリンの村ができて、上位種が生まれている可能性があるってことだ」

「じゃあああそこで待機してるゴブリン共は、私らに勝てそうな仲間がやってきたら襲い掛かってくるってわけっすね」

「そういうこと――っと、マジかよ。ゴブリンがオーク連れて合流したぞ」

様子を窺っていると、集団にはオークが2体合流していた。デカい二足歩行の緑豚だ。

「へー、ゴブリンとオークって仲間になるんだ。まぁどこか似てますもんね」

「いやいやいや、別の生物だからフツーは仲間になんてならねぇよ！　こりゃ想像以上にやべぇ。少しずつ後ろにさがって逃げるぞ……」

「倒しちゃダメなんすか？」

「……そうかお前がいたな。倒せるなら倒してくれ」

「はーい。エアカッター！」

すぱん、とゴブリンとオークの首が落ちた。楽勝だぜ。

「……言っといてなんだけど、本当に倒せるんだな。血のニオイに集まってくる前に逃げるか。情報収集としては十分だろう」

「あれ？　ゴブリンとオークの素材回収とかはしないんすか？　最近錬金術してるから魔石欲しいんすけど。あと木こり」

「仕方ねぇな、10分で離脱する。それ以上は危なくなりそうだ」

「じゃあ10分で済ませますね。木こりも」

「……そうだった、お前の木こりなら間に合うんだよな。調子狂うなぁ……」

ブレイド先輩、私の木こりを知ってて声掛けてくれたんじゃなかったんすかね。いやまぁ全然私に頼らないあたり、逆に頼りになる先輩なわけだけど。

「あ、折角荷車もあるんだ、オークは丸ごと持って帰ろう。肉が結構美味いんだよな」

「木より高く売れるんすか？」

「まぁそれなりに」

オーク肉は丸太の上に括り付けて運ぶことになった。


そんなわけで、私たちは一度木こりをして木を納品。軽く報告した後、後に再び同じ場所へ木こりをしに戻ってきた。

「危ないから離脱したのに、また来て大丈夫なんすか？」

「まぁ単純に調査だな。少しだけ時間を空けることで見えてくるものもある。……本来なら木こりはせず安全確保して様子見と調査だけして帰るところだぞ？」

「なるほど。私がいるから特別ってわけっすね！」

「その通りだよ頼りになる後輩」

ついでにツケの分を考えるともう1往復分の木こり成果が欲しかったというのもあるらしい。

「じゃあ木こりしてるんで、先輩達は調査お願いします。適材適所っすね」

「ああ。調査は任せろ」

言いながら木を伐って荷車に載せていく。あらかじめ伐っておけば何かあっても逃げるだけでいいもんね。

「残してた分の死骸が消えてるな。持ち帰ったのか？」

「何のために？　別のモンスターが食べたんじゃないか……それにしては荒れてないか」

「集落はあっちだな。引きずった跡はないが足跡がある。相当数がいるな」

おー、結構きっちり調べてる模様。さすが先輩方。

「先輩。木こり終わったっすよー」

「早えよ。よし、撤収だ。俺達も長居は無用だからな」

「ついでにゴブリンが見張ってたんで殺っときました」

「言えよ！　いや今言ったのか。ったく――ってまて。これゴブリンじゃねぇ！　オークアサシンだ！　上位種オークだぞ！」

なんと。確かに身長的にゴブリンにしては大きいと思った。

「む？　でもさっきのオークよりスラッとしてて食べ応えなさそうなんですが……本当に上位種なんすか？　実は凄く美味しかったり？」

「カリーナ。魔物連中は美味しくなるために上位種になる訳じゃないんだぞ」

「……確かに！」

で、オークアサシンの死体については丸太の上に括り付けて運ぶことになった。

それと森の奥に何かがありそうってのは……少なくともゴブリンやオークの集落があるようだ。それも、上位種のオークが生まれるような。もしかしたら神器もそこにあるのかもしれない。漠然とそう思った。


冒険者ギルドにて、木こり報酬と討伐報酬を受け取った。情報収集のお金と併せて、討伐報酬として結構なお金を貰えたのでホクホクである。

「さーて、ゴブリンやオークの集落についてはどうしてくれようか……って、しまった。先輩達が冒険者ギルドに報告しちゃったぞ？」

そう。先輩達が報告済み——つまり、既に公《おおやけ》に認知されてしまったのだ。これは迂闊に手を出すわけにはいかなくなった。あらかじめ先輩達に口止めしておけば、私がコッソリ秘密裏に全部始末できて誰もが得をする（ゴブリン達を除く）幸せな結末をスピーディーに迎えられたのだけど。

「いっそ町に襲撃でもしに来てくれたらいいのかなぁ。そうしたら町の冒険者総出で迎撃して、ついでに勢いあまって集落の方もみんなで滅ぼすぞーってことになるんじゃなかろうか？」

沢山の冒険者の中にコッソリ紛れてしまえば目立たないだろう。おお、結構いい案かもしれない。

「って、どんだけ時間がかかるか分からないか。……うーん。もう少し考えるかぁ」

そう思ったのがいけなかったのだろうか——なんと翌日、オーク共が本当に攻めてきたのである。マジで。ラッキー！　私ってばツイてるねぇ！

#Side奴隷商バレイアス

『支配石』の力でゴブリンを従え、俺様はオークの集落を支配した。

これは地道な努力ってやつだ。最初は一匹のオークを捕まえ（ゴブリン共にいくらか被害が出たが、それはオークを捕まえたのでチャラだ）そいつを『支配』した。そうしたら次のオークを捕まえに行くのだ。相手はオーク、こちらはオーク＋ゴブリン共。単純な話だ、俺様達の方が勝つ。捕まえて支配したら次は2匹までのオークなら確実に捕まえて支配できるようになった。

それを繰り返し、オークの集落を支配したのだ。……オーク共の中に上位種が生まれていて、ちーっと手間取ったりしたが……その上位種のオークも、俺様の配下になったというわけだ。むしろ収益はプラス！


「ギャハハハ！　やはり俺様は全ての生物の上に立つ男！」

手先の器用な上位種オーク、オークスミスに作らせた飾りだらけの椅子にふんぞり返って座る。オークスミスは鍛冶屋だ。武器や防具なんかも作ることができる。

オーク達がこれほどまで集まり上位種までいたのは俺様にとって幸運だった。これであれば、オークの軍隊を作り、町を攻め落とすこともできる。

グフ、グフフ。と妄想、いや予定を考えていると、鎧を纏ったオークがやってきた。

「キングバレイアス。報告ガアリマス」

「おお。オークジェネラルか」

一部の上位種オークは人の言葉を理解して話すことができる。特に母親が人間だとそうなりやすいそうだ。このオークジェネラルも母親は人間らしい。

町を攻め落としたら、ブサイクな女はオーク兵を増やすのに使うとしよう。フフフ。

「で、報告ってなんだ？」

「森ノ死神。デスサーペントヲ見ツケマシタ」

デスサーペント！　俺でも知ってるぞ、この森で一番強いと言われている大毒蛇！　オークですら丸のみにできる巨大な黒蛇で、見つかったら死を覚悟するしかないと言われている化け物！　噛まれた時点で死ぬとかなんとか。

「ほほう！　いいぞ、生け捕りにしよう！」

「ワガ軍ノ被害ガ莫大《ばくだい》カト。キングノチカラヲ、オ借リシタイ」

「ンだよ、かったるいな……」

やれやれ、俺様が出ないとなんもできねぇんだコイツらは。とはいえ、確かに町を攻めるときの戦力が減るのは痛い。

「仕方ねぇ、俺様の力で服従させてやる。案内しな」

「オオ！　アリガタキ、シアワセ！」

ふふん。なにせ王だからな。

――で、俺はオーク3匹を盾にデスサーペントを『支配』することに成功した。

アブねぇ橋を渡った。が、オーク3匹でデスサーペントを買ったと思えば大儲けだ。それもツガイで2匹だ。

「ふー、大成功だな！　今日は宴《うたげ》だ！」

「キングバレイアス、犠牲トナッタオークへノ弔イモ……」

「あ？　あー、そうだな。テキトーにやっとけや」

「ハッ。ツキマシテハ突撃猪《アタックボア》ヲ3体イタダキタク」

「……あん？　もったいねぇな。メガフロッグにしとけよ」

ったく、オークのくせに贅沢《ぜいたく》だな。突撃猪《アタックボア》は俺様の飯だろーがよ。

「!!　シ、シカシ、果敢ニ戦ッタ戦士へノ弔イデ――」

「あーあー、うっせぇな。……『支配』！」

俺様は指輪に魔力を流し、文句を言うオークジェネラルに『支配石』の香りを嗅がせ、改めて念入りに『支配』を上書きする。

「いいか、メガフロッグで済ませろ。文句を言うやつはデスサーペントの餌にしちまえ」

「……ワカリ、マシタ……」

よしよし。

さて、しかしこれでオークだけではなくこの森の最大戦力、デスサーペントまで俺様の手駒になった。……うーん、にしてもデスサーペントの餌にオークを食わせるとなると、ここから先は時間が経てば経つほど戦力が下がってしまうのではないか。

あ。餌はゴブリンでいいか。あいつらアタックボアの雌使ってもボコボコ増えるし、三日で戦えるようになる。町への襲撃に備えて数増やし過ぎたし、ちょっとぐらい減らした方がいいか。餌が足りねぇもん。

そろそろ町に襲撃をかけるべきか？　オークスミスに作らせてる装備も十分だし――

「キングバレイアス。報告ガアリマス」

「うぉっと！　オークアサシンか。急に出てくんなって言ってんだろ」

「失礼。シカシ、『カリーナ』ノ情報デス」

――!!　カリーナと呼ばれている冒険者が、森の木を切っていったらしい。他に三人の冒険者と共にいたらしい。黒髪の女で間違いなく『カリーナ』と呼ばれていたとか。

「森ノ外側ニ放ッテイタ斥候、ゴブリン達カラノ情報デス」

カリーナの調査に行かせたオークアサシンは帰ってこなかったようだ。仲間の冒険者が凄腕だったのか？　まぁ、木こりしてたってことは、木こり専門の冒険者だろうしな。そういうこともあるだろう。

「で、帰ったってことは……カリーナは町にいるってことだな！　今こそ攻めるタイミングだ！」

「オオ……！　ツイニ！」

「ああ。そろそろ町の飯が食いたくなってきたしな。ソラシドーレに襲撃をかけるぞ！」

ゴブリンにオークの集団。そして森の死神デスサーペント。十分な戦力だ。こいつらで森の中のモンスターたちを町に追い立ててブツケる。

まさしくそれは百年に一度の大災害、魔物の暴走《スタンピード》。それを俺様が、俺様の力で起こしてやるってわけだ！

これで町の防衛戦力を削り落とし、追い立てに使った本隊で攻め落とす！　襲撃を考えた時からずっと温めていた最高の作戦。神の力を手にしている俺にふさわしい作戦だ！

どこか愛嬌のある鼻たれゴブリンの頭をぺしぺししながら考えたんだぜ。コイツと話しながらだとなんかいいアイディア出るんだよなぁ。間抜けな豚顔してるからかな？

おっと。うっかりカリーナを殺してしまわないように手をまわしておかないとな。

「別動隊も必要だな。カリーナは生かして捕らえろ、俺様のモノにする！」

「ハッ、カシコマリマシタ」

『支配』は神の力だ。次は鼻に直接押し付けて間違いなく嗅がせて、二度と自我が戻らないようにぶっ壊して、俺様のペットにしてやろう。町の他の女も、全員俺のペットだ！

まぁブスはいらねぇからオーク共にくれてやるが。

おっとそうだ、お高く留まったシュンライ亭の女店主にも俺の足を舐めさせてやる！

あの女狐め、俺様を出禁にしたことを後悔するがいい！

「さぁ戦いの始まりだ！　ソラシドーレを、町を手に入れるぞ!!」

俺様が宣言すると、支配したモンスター共が雄たけびを上げた。

#SideEND

＊　＊　＊

#Sideとある冒険者

「ヤバイ、ヤバイ、ヤバイ！」

とんでもない物を見てしまった、と森に木こりへやってきた冒険者達が顔を見合わせる。

冒険者ギルドの方で頼んだ臨時の木こりが軽々と依頼を成功させたと聞いて、ならもう大丈夫かもと軽く考えていたのだ。しかし、それはとんでもない間違いだった。

「なんだよあれ、あんな数のオーク見たことねぇよ」

そう。彼らは森に向かっている途中だった。遠目に大量の人影が見えて、警戒して様子をうかがったのは正解だった。それは、大量の魔物だったのだ。

それも、ふとっちょな歩く豚みたいなオークだけではなく、精悍《せいかん》な上位種オークまで含んでいる、数え切れないほどの集団だった。オークだけではなく、ゴブリンも一緒だった。

「それよりも森から出てきてたのがマズいぞ」

「あ。ああ！　そっか、このままじゃあの集団がソラシドーレに……!?」

「どういうことだよ、これ。こんなの初めてだぞ」

「……最近の若いもんは知らんか」

ふぅ、とため息をついたのは木こり冒険者の中でもベテラン、ライデンという名の爺だった。

「知っているのかライデン爺さん！」

「ああ。魔物の暴走《スタンピード》に違いない。上位種の魔物が大きくした群を作り、森内で食料が賄えなくなって外に食料を求め外に出る現象じゃ」

前に起きたのは40年は前だったか、とライデンは頷いた。

「……魔物の食料といえば、人間じゃ。あの時はひどいことになった……」

当時を思い出し手を震わせるライデンに、仲間の冒険者たちはごくりと唾をのんだ。

「このことを一刻も早く町に知らせるんじゃ！　ワシのことはいい、全力で走れ！」

ライデンの掛け声を合図に、一同は走り出した。足の遅い者は置いていく勢いで。

そうして一番早く町に帰ってきたライデンが門番に伝える。

「魔物の暴走《スタンピード》じゃ！　魔物の暴走が起きたぞ……！」

「じ、爺さん早ぇ……」

「さすがベテラン……この歳《とし》まで生き残ってるだけのことはある……！」

「ぜひー、ぜひー……」

息も絶え絶えの木こり冒険者たちを一瞥《いちべつ》するライデン。

「なんじゃだらしない。おい門番！　あっちだ、見張り台から確認させろ！　早く！」

「あ、ああ！　おい、見張り！　なんか見えるか!?」

声を掛けられ、見張り台にいた当番が目を凝らす。

遠くにぼんやりと、緑色の集団が見えた。

「なんだ、あれは……あれが全部ゴブリンやオークだってのか!?」

緑色の肌のゴブリン、そしてオーク達が、まるで岩を蝕《むしば》む苔《こけ》のように大地を覆って迫ってきていた。

「最重要、緊急事態!!」

見張り台に設置されている鐘をガンガンと力任せに叩く見張り。緊急事態の合図。これを聞いたら他の地区も同じように鐘を鳴らす決まりになっている。ドミノ倒しのように、鐘を叩く音がソラシドーレの町に広がっていく。

そうして、緊急事態を告げる鐘の音が町中に響き渡った。

#SideEND

今日も今日とて神器の情報を求めて散歩しに出かけたら、町中が大騒ぎになっていた。

道行く人を呼び止めて話を聞くと、町壁の外、ゴブリンやらオークやらの集団が森の方から行進してきているのを冒険者が見つけたんだそうな。

その数は異常で、10匹や20匹とかではなく、数百、千以上かもしれない――とのこと。

で、そんな異様な集団は町壁の上にある見張り台からも見え、即座に緊急事態を告げる鐘が鳴らされた。あー、さっきから鳴っていた鐘それかぁ。

「というわけだ。さ、君も僕と一緒に避難しよう。教会ならきっと安全さ」

「でも私冒険者なんでこういう時多分仕事あるんじゃないかなって」

「……君みたいな可愛い人がオークの餌食になったらもったいない！　避難すべきだ！」

あ、うん。親切に教えてくれたのはそういう下心ね。納得。

緊急事態でもナンパする男を丁重にお断りし、私はとりあえず冒険者ギルドに向かってみた。

冒険者ギルドに到着して扉をくぐると、

「……分かりました。ご武運をお祈りします」

「ああ。ソフィ、生きて帰ったらデートでもしようや。この命に代えても町を守るぜ」

「ッ！　だったら、絶対生きて帰ってください！」

「なに、魔物の暴走《スタンピード》なんて屁《へ》でもねぇよ。全部、全部守ってやる」

そう言って、受付嬢のお姉さんとブレイド先輩が抱き合っていた。

うーん。ちょっとだけ出遅れた感？

「あ。シルドン先輩。これどういう状況っすか？」

「おうカリーナ。今来たのか、今一番いいところだぞ。ソフィアさんがブレイドに告ったトコだ」

ブレイド先輩、モンスター集団に突撃する超危険な部隊に志願。それで以前から好意を持っていた受付嬢さんは思いの丈を先輩にぶつけて、今ここ。なるほどね？

あ、チューした。やるじゃん先輩、ひゅーひゅー。

「っていうか特攻ってことっすか？　下手すりゃ死ぬじゃん」

「まぁな。それくらいしかできんとも言うが」

「あ。ブレイドだけじゃないよ？　俺とシルドンもだ」

え、シルドン先輩とセッコー先輩もなの？　マジで？　覚悟決まってますね。

「ところで、シルドン先輩とセッコー先輩にはいい人いないんすか？」

「それな……」

「カリーナちゃんどう？　俺に告白してもいいんだよ？」

「いやぁ、セッコー先輩にはもっといい女がいると思うな！」

「お断りの定型文どーも。はぁー、ブレイド爆《は》ぜろ」

お察し、ということらしい。

「おお、カリーナじゃないか。お前も来たか」

「ああ先輩。なんすか、カッコつけちゃって」

「いやぁ、モテる男は辛いぜ？　なんてな。ハハハ」

照れくさそうに頭を掻くブレイド先輩。

「ていうか先輩方、なんでそこまで命張ってるんです？」

「俺らは、生まれ育ったこの町を守りてぇんだよ。他に理由が要るか？」

キリッとするブレイド先輩。やっべ、カッコいいじゃねぇの。そりゃモテてもおかしくねぇわ……あれ？　シルドン先輩とセッコー先輩も同じ感じなのになぁ。この差は一体何なんだ？

「……あ。カリーナ。ちょっといいか？」

「おっとぉ？　なんすか？」

コソコソと内緒話をする。

「お前が何かとんでもない力を隠してるのは薄々気付いてはいる……いや隠してないのか

もしれないが……」

そっすね。ちょいちょい隠してないですね。

「私に何とかしてほしい、と？」

「無理にとは言わん。が、もしお前の力でなんとかなるなら頼む。俺らが死んでからでも構わねぇ、町を守ってくれねぇか？」

「ほう」

先輩、あくまで自分でできるなら自分で片付けたい、と。そう言いたげだ。フフッ、いいぜ先輩。アンタにならもちろん喜んで——

「……もし生きて帰ったら、シュンライ亭奢るわ」

「オッケー！　その言葉忘れんじゃねぇぞ!!」

——報酬が貰えるなら貰えるもんは貰っとくべきだよね!!　ひゃっはぁー!!　全力で力を貸してやんよぉ!!

はい。というわけで私は暗躍することに決めました。あくまで、あくまで力を貸すだけだからね！　私自身はコッソリするのよ。

とりあえず、私は魔法使いってことで町壁の上から支援攻撃する係になった。

閉ざされた町門の外、左右に覚悟を決めた集団が隠れている。魔法で削った後、左右から押さえ込むのが役目の部隊だ。そこに先輩達はいる。

さーて、ここからどうしようかねぇ。

と、考えているうちにモンスター達がやってきた。まずはゴブリンやメガフロッグ、コボルトといった比較的小型なモンスター達。

「各自なるべく範囲が大きい魔法を使え！　放て！」

指揮官——町を守る騎士様らしい——の号令に併せ、攻撃魔法が飛んでいく。火の玉、水の槍、石礫《いしつぶて》に雷の槍まで。私も「えあかったー」と唱えながら適当に間引いていく。

「魔法止め！　弓部隊、狙いはつけるな、撃て！」

今度は弓部隊からも矢の攻撃が飛んでいく。残っているところに矢が降り注いだ。

魔法と弓矢を交互に打って削る作戦のようだ。

「ん？」

と、私はおもむろにまだ潜んでいた先輩達の集団に空間魔法で障壁を作る。ガキン、と攻撃を受け止めた。これはオークアサシンか。私じゃなかったら見逃してたね。

「う、うおお!?」

攻撃を受けたことに硬直している兵士。しかし無傷で困惑しているオークアサシン。そこに先輩が斬りかかる――一閃《いっせん》。オークアサシンは真っ二つになった！

わー、先輩すごーい。パチパチパチパチ、と拍手。遠くて聞こえてないだろうけど。

「な、何が――ひょわっ!?」

そのまま先輩は、まるで何かに掴まれたかのように横にスライド移動。先ほどまでいた空間を振り下ろされた斧を回避した。同時に剣を振り上げると、不意打ちをかましてきたゴブリンが真っ二つになった。

よーぉし、よし、よし。空間魔法、操り英雄《ユーアースター》。ばっちりだぜ。


そう。今回は私、影に徹する所存。具体的には英雄を操る黒子的存在になるのだ！

もちろん英雄は先輩方『サンバッカス』だ。シルドン先輩とセッコー先輩もそれぞれ英雄になってもらうぞ。

「……ここは俺達が足止めする、行け！」

「す、すまねぇ『サンバッカス』！　この恩は忘れねぇ！」

先輩達も大活躍だ。

「なぁ。この戦いが終わったら俺達ランクアップするんじゃねぇか？」

「だな。……ところでさっきから身体が勝手に動くんだが。やっぱりアイツの仕業か？」

「ははは、シルドンもかぁ。カリーナちゃん、何者なの……」

私かい？　ただの神様の使いっ走りだよ。


さ、それじゃあちょっとド派手に活躍してもらおうかなっ！

「い、いくぞテメェらーーーー！　うおおおおお!!　てやあーーーー！」

ブレイド先輩が剣を一閃すれば、斬撃が飛び20匹くらいの魔物が切断される。

「こ、この俺が守る……！　うぉっ!?」

シルドン先輩の守りは鉄壁。なぜか攻撃が誘導されてその盾に阻まれ、弾き返される。

「ひぃいい！　ちょまっ、ひぁ、あぶなっ!?」

セッコー先輩は敵にツッコんでちょっかいを出しつつも無傷で駆け抜け翻弄。敵のリーダーっぽいゴブリンをピンポイントで狙い、首を落としていく。


三者三様の無双っぷり。ちょっと操作が大変だ！……と、集中してたら私自身が働いてないように見えてしまうな。私も働いてますよー指揮官殿。エアカッターエアカッター。

ほら、ちゃんと敵の首落としてますよー？　ふぅ。

「敵、中型確認！　オーク、オークウォリアー！……ああ！　大型も確認！　デスサーペ

ント!? 森の死神がこんなところに来るのかよ！」

「魔法、攻撃力のあるものに切り替えろ！　撃てぇ!!」

掛け声と共に魔法を放つ。はいはいエアカッターエアカッター。すぱんすぱん。はー地味ぃ。……いやちゃんと働いてますフリじゃないです指揮官殿。じゃあほら、あのデカい的をね。えいっ。ほらね？　働いてるでしょ？　だからこっち見んといて。

#Side奴隷商バレイアス

俺はオークたちと共に町が見える場所までやってきていた。町には森から追い立てた魔物と、それを先導するゴブリン共が気持ち悪いくらい群がっていた。

というか、カリーナだ。壁の上、魔法を使って魔物を蹴散らす中にカリーナがいやがったのだ！　あの艶やかな黒髪、こんな遠くからでも見間違えるはずもない。あいつ魔法使いだったのかよ！　戦場に出ているなら好都合だ。

「おい、あいつだ。あいつがカリーナだ！　今すぐ攫ってこい！」

「攻メ落トサネバ、近ヅケナイ」

ああもどかしい！　役立たず共め！

しかし、町の連中は俺様の予想以上に抵抗しやがった。

ゴブリン達が一方的に削られていくのは想定内だったが、オークアサシンが潜んでいた敵部隊への不意打ちに失敗した上に、返り討ちにあったのだ。

「くそっ！　くそっ！　ソラシドーレの野郎ども、案外やるじゃねぇか！」

特に三人の冒険者が厄介だった。オークアサシンを返り討ちにした男は戦場を縦横無尽に駆け回り、手下共が悉《ことごと》く殺されていく。あんなやつがソラシドーレにいたのか⁉　くそ、知らねぇぞそんな凄腕！

配下のオークジェネラルが俺に聞く。

「ドウシマスカ、キングバレイアス」

「ああくそっ！　デスサーペントを出せ！　あの凄腕を潰すんだ！」

と、オークたちにデスサーペント2匹を戦場に送らせた――その直後、片方の首が落ちた。なんだよ⁉　なんなんだよ⁉　今何が起きた⁉　明らかに凄腕の三人とは別の場所だったぞ今！　他にもいるってことか⁉

「ヤバイ、ヤバイヤバイヤバイ！　どうなってんだ、俺様の計画は完璧だったはずだ！」

頭をなくし、血を吹き出しながら倒れるデスサーペント。

どうする？　どうすりゃいい!?　このままじゃ俺様も殺される……ッ!?

「ドウシマスカ、キングバレイアス」

頭の悪いオークジェネラルが再び俺様に尋ねる。

「知るかよ、お前が考えろよ！　あぁくそ、逃げるか。まだ俺様の存在はバレちゃいねぇはずだし……俺様が生きてさえいれば、いくらでも再起は――」

「ソレハユルサナイ」

その時、オークジェネラルでも、オークアサシンでもない声が聞こえた。

鼻の詰まった子供のような声。それは俺様が腕置きにしていた鼻たれゴブリンの声だった。

「あん？　許さない？　今、お前許さないって言ったのか？」

というかコイツ、喋れたのか。

「食料ガナイ。町ヲ落トサネバ、我々ニ未来ハナイ」

「ハハッ！　小賢しいこと喋るじゃねぇか。いつの間にそんな難しい言葉を覚えたんだ？」

「バレイアス。オマエガ仲間ヲ増ヤスノニ役ニ立ツカラ従ッテイタガ、逃ゲルトイウナラ、ココカラハ俺様ガ王ダ」

「はぁ？　王だ？　ゴブリンのくせに生意気だな……もういいよオマエ」

俺は鼻たれゴブリンを蹴り飛ばそうとし――がしっと足をつかまれた。あれ？　ゴブリンってこんな力強かったか？　まぁいい。

「何抵抗してんだよ。生意気だなオイ！　おら、『支配』だ！」

と、俺様は潰す気で『支配石』を鼻たれゴブリンに近づけ――

「ギガァ!!」

「うわぁ!?」

――鼻たれゴブリンが、俺様の手に噛みついてきた!?　い、痛ぇ！　痛ぇぇぇぇ!!

「あああクソォオッ！　手を噛まれた、指が……」

と、指の痛みが一瞬消え、ゾッと背筋が凍り付く。指が、欠けている。『支配石』の指輪を付けていた、俺様の指が。

モグモグと口を動かしている鼻たれゴブリン。な、ば、馬鹿な。どうして。どくどくと血があふれて止まらない指。ごくん、と咀嚼《そしゃく》した指を飲み込んだゴブリン。

「か、返せっ！　返せ、俺様の指ッ！　おいッ！　何してくれてんだ貴様ァ!!」

俺様は痛みも忘れてゴブリンの喉を掴もうとした。すぐに腹を搔っ捌いて、それから、それから……ああクッソォ!!

「なに、なんだお前ッ、なんだよお前ッ!? オーク!? おい! 誰かコイツを殺せ! 腹を掻っ捌いて指輪を取り返せ!」

俺様がオークジェネラルやオークアサシンに向かってそう言うが、やつらは何も言わず鼻たれゴブリンへと膝をついて頭を下げた。

「……ヨロシイノデスネ、キング」

「アア。サッキモ言ッタガコイツハ用済ミダ」

そう言いながら、片鼻ずつプッ、プッと鼻水を吹き飛ばす鼻たれ。

「な、な、なん……」

「ゴブリン、ニオイデ操ッテイタナ? スライムノ欠片《かけら》デ鼻フサゲバ大丈夫ダ」

「は、鼻を詰まらせて俺様の『支配』を逃れたってのか!?」

……そんな、そんな単純な方法で!!

言われてみれば確かにこいつは、ずっと鼻を垂らしていた。は? まてよ。いつからだ。いつから俺様はコイツを傍においていた? いつから俺は調べられていた?

「ニンゲンガ出入リスル怪シイゴブリンノ村。調ベルノハ当然ダロウ? 俺様自ラ潜入シ、確カメタノダ」

「そんな……最初から、いや、その前からじゃねぇか!?」

「アア。ズット狙ッテイタ。ズットダ。ソノチカラヲ使ウタメニ。オカゲデ俺様達ハ、トテモ増エテ、トテモ強クナッタ」

ニヤリ、と醜悪に笑うゴブリン。

「ゴブリンのくせに……」

「オマエ、本当ニバカダナ。マダゴブリントオークノ見分ケモツカナイノカ」

「なに、言って――」

いやまて。コイツ、ゴブリンなのか？　た、確かに言われてみれば、顔はオークたちに近いような……ああ、指が痛くて頭が働かねぇッ！

「俺様ハ、オークキング。森デ最モ強ク賢キ王、オークキング!!」

「オークキング？　オークの最上種……お前が!?」

魔物の暴走《スタンピード》を引き起こす、災害級と呼ばれる最悪の魔物。それが、こいつだって!?　そんな、それじゃ俺は、こいつに利用されただけってことじゃ……

「チカラハ得タ。指ニ魔石アッタ変ワリ者ノバレイアス。オマエハモウイラナイ。……俺様達ノ役ニ立ッタ褒美ダ、苦シマズ殺シテヤル。……オークアサシン。処分シロ」

スッ、と俺様の後ろにオークアサシンが立つ。は？　ちょっとまて。俺様の首に冷たい金属の感触が――同時に首に熱を感じて、視界がぐるんと回った。俺様の身体。首から上がない。あ、首から上は、俺様？　え？　え？　どうして？　なんで？

「オマエガ欲シガッタアノ町ハ、俺様ガ貰ッテヤル」

俺様を差し置いて何を――その言葉が口から出ることは、もうなかった。

「ヤスラカニネムレ」

その言葉と共に、俺様の頭は踏み潰された。

#Sideオークキング

オークキングは奴隷商バレイアスの指輪――『支配石』を食べ、その力を得た。ずっと狙っていた神の力だ。魔物であるオークキングに取り込まれた支配の力は、よりオーク種に適した形へと変容していた。

「――『魅了』」

それがオークキングの新たな力だった。どういう力か、自分の中で咀嚼して確かめる。

それは、あらゆる雌を無条件に服従させる力。魂から屈服させ、惚れさせる力。

……雄にも効く魅了ならばこの戦況を一気に覆せたのだが、雌にしか効かない分だけ効果が強力になっているのだろうから贅沢は言えない。

それに、雌だけでも十分。この戦場には、敵対する群れには多数の雌が参戦している。しかもその中でもバレイアスが『カリーナ』と呼んだその雌。そいつが鍵だ。

デスサーペントを殺したのは派手に活躍している3匹のニンゲン雄の仕業ではないことにオークキングは気付いていた。そもそも原理は分からないが魔法であり、桁違いの魔力を使った痕跡がオークキングには見えていた。

そして、その痕跡を追うと、大きな壁の上に一匹の雌。バレイアスは全く気付いていなかったが、その雌がまさに『カリーナ』であったのだ。

いかに強大な魔法使いであろうと、雌であれば『魅了』で自分の言いなりにできる。神の力である『魅了』があれば、相手が雌であれば、負けることは決してありえない。むしろ自分たちの力にできるのだ！

「キング、ドウシマスカ」

オークジェネラルが、この戦いを続けるか否かを尋ねてくる。

「続行ダ。勝テルゾ!!」

オークキングはニヤリと笑った。町には食料がある。雌がいる。勝てば全てを得られるし、オークキングにはその未来をハッキリと想像することができた。

『魅了』を使えば、この戦いに間違いなく勝てる。燦然《さんぜん》と力強く輝く勝ち筋だ。続けない理由がなかった。

「――雌共！　ニンゲンノ雄ヲ殺セ！　サスレバ、ワガ寵愛《ちょうあい》ヲクレテヤルゾ!!」

オークキングは得たばかりの『魅了』の力を出し惜しみせず、存分に乗せて戦場中の雌の魂へ向かって叫んだ。

#SideEND

「あばばばっ！　おらぁああ!!　死に晒せーぇ！」
「うぐう！　き、きっつ……うぅうおおおおお!?」
「あー……おそらきれい」

大活躍する先輩方。セッコー先輩に至ってはギュンギュン回避しながらも空の青さを堪能する余裕すらあるようだ。でも一番激しく動かしてるんだから下手に喋ると舌噛むぞ……ん？

「……――!!」

なんか頭の丸いゴブリンが叫んでやがる。よく聞こえんが。

と、その時。先輩達に向かって壁から火の玉の魔法が放たれた。あぶねーなオイ。スッとスライド移動で避けると、ズガン！　と、地面に当たって爆発した。結構な威力だ。

「一発だけなら誤射だな――って、まてまてまて」

その1発はきっかけでしかなかった。それも明らかに殺す気満々の威力で。明らかに先輩達に向かって壁の上から魔法が放たれている。先輩達が前線の敵集団のど真ん中にいるからといっても誤射って言い訳が通用しないレベルだぞ！

「王様、万歳ー！」

「うぐっ!?　ゴフッ……」

「ひっ！　何をっ……あぎゃあ！」

おおっとぉ!?　しかも前線組でもなにやら仲間割れがおきてるぞ!?　どうなってるんだ……あ、刺したのはパーティーメンバーの女戦士っぽい？　さては浮気したんだなあの男。

サイテー、男の風上にも置けんね。お前みてぇなやつがいるから私に女の人が回ってこねぇんだよ！　ペッ！　でも今は少しでも戦力あった方が良いから死なない程度で助けてやるけどあとで死ねッ！　男として死ねッ！　もげろッ!!

……冗談はさておき、なにやら様子がおかしいぞ？　前線組がまるで混乱魔法でも掛けられたかのような同士討ちを始めている。――って、おいおい弓矢隊、なに前線のパーティーに射かけてんの!?　さすがに死ぬよ!?

ちょっとどけて……よし。軌道をずらして敵に向かって落としたったわ。ふぅ。

「いったい何が起きてるんだ……？」

首をかしげる私。仕方ないので暴れる人達を鎮圧するとしよう。頸動脈《けいどうみゃく》ってあるじゃろ？　そこを空間魔法で圧迫すると……ホイ落ちた。

「お、おい！　急に倒れたぞ!?」

「魔物たちの攻撃か!?　毒かもしれん、気をつけろ！」

「やべぇ……！　何が起きてるんだ!?　オークどもの仕業か!?」

「さっき変なゴブリンがなんか叫んでたぞ、呪いじゃないか!?」

おっと。コッソリやったから誤解させてしまったな。私がやりましたと言い出したりはしないけど。

「女だけに反応する毒か？　いや、それにしてはこっちまで……どうなってやがる。ん？

アンタは無事なんだな……おい。おーい？　大丈夫か？」

「え、あ、私？」

と、急に話しかけられてた！　ビックリするだろ！

「あ、ハイ。無事っすね！　これでも強さには自信があるので！」

「そうか。体調がおかしいと感じたらすぐ退くんだぞ。なんなら肩貸してやる」

「あはは、どーもー。大丈夫でーす」

そう答えると、男は残念そうに下がっていった。

ふぅ、誤魔化せたぜ。……にしても『女だけに反応』とか言ってたな。よくよく思い返してみれば頸動脈圧迫して落としたのは女性ばかりだった。……私は女じゃないってか？

くそ、なんか急にムカムカしてきたぞ？　これほどの美少女だってのに。まぁ中身男だからその通りなんだけど。

と、そこで私は私を見つめる熱烈な視線に気が付いた。

「……ん？　なんだアレ。金眼のゴブリン？」

そこには、丸い頭に金色の目をした、緑肌の子供がいた。うーん、豚鼻がキュート。あれは捕まえてペットにしようかな。これだけ混戦してたら一匹くらいくすねてもバレへんやろ…………キュート？　は？　何考えてるんだ私。豚鼻のゴブリンだぞ？


「おい、おい。まさか私……ああいうのが趣味だったのか……？　冗談じゃねぇぞ」

金色に光る瞳から目が離せない。目と目が合って好きだと気付いて……気付いて、たまるかよぉ!?　私が好きなのは美人のお姉さんだ！　私を性的に貫いていいのはお姉さんにアレがついてるタイプのふたなりさんか、超絶可愛い男の娘だけだッッッッ!!!

「ぶっ殺す！　いけ、先輩ファンネル！」

私はその金眼のゴブリンの下に先輩達を集結させた。本気だ。本気で殺《ヤ》ッてやる！

「ぎゃぁああ!?　まてまてまて死ぬ死ぬ死ぬ！」

「ひぃいいいい!!　こ、これはキツい、いや、キツ、無理無理無理無理!?」

「あはははは、真っ赤……真っ赤っかだよぉ！」

途中、オークどもやデカい蛇が道をふさぐが構わずブッ千切って突撃させる。弱音を吐くブレイド先輩とシルドン先輩は、笑顔のセッコー先輩を見習うべき。

と、ブレイド先輩が剣を振り、金眼ゴブリンの首を落とす――


――ガキンッ！　と弾かれた!?

は!? 落とせない!? ありえん、どういうことだ!

先輩の剣は、剣とみせかけて私が空間魔法で切断してるんだ。斬れない物があるはずがない! コンニャクとかナタデココのような特別に斬れない弱点とかそういうのであるはずもなく……!

ま、まさか。まさか私が、無意識に斬りたくないと!? あのゴブリンを斬りたくないと思ってて、それで力をセーブしてしまったと……!?

「グギャギャギャギャ! 無駄ダ! 我ガ『魅了』ノチカラ、神ノモノ! 神ガ俺ニクレタモノ!!」

「あっ、フーン」

それを聞いて、スッと頭が覚めた。そうか、なーんだ。神の力かぁ。よかった。私がゴブリンなんか好きになるわけねぇもんよ。ホッ。一瞬ときめきかけたが身体がムカムカするだけで何ともなかったぜ。『魅了』か、『魅了』ねぇ。神の力……

……ん? ってことはアイツが神器持ってるってこと?

じゃあ私の獲物じゃん。よっしゃ、狩ろ!

とはいえ、神器持ってるとか露骨にボスっぽい。これで先輩達にアレを倒させたらきっとその死骸や所持品は戦果として回収されてしまうに違いない。であれば、私が直接出向いてぶっ殺すか？　いや、先ほど私の魔法を上乗せした一撃を弾かれてしまっている。倒し方を考える必要がありそうだ。

「……一旦回収して、そのうえで倒す方法をじっくり考えるか」

そう。私には収納空間がある。この戦場のゴタゴタに乗じて丸ごと収納してしまえば、倒し方なんざ後でいくらでも考えられる。なんなら時間停止もできるし。

だがあの金眼ゴブリン、超目立ってる。突然消え失せようものなら大騒ぎになること間違いなしだ。……何かキッカケが必要だ。

「えーっと、何かいいモンあるかな……これでいいか」

私は失敗作のポーションを空間魔法でクリスタルの形に固定し、先輩達の手元に送り込んだ。ついでに空間魔法で先輩の耳元を手元につなげ、声を届ける。

「先輩先輩。今あなたの耳に直接話しかけています。先輩の手元に魔法の爆弾を送ったんで、切り札の魔道具を使う感じで投げてください。ヨロ！」

『……』

「あれ、先輩？　起きてます？　おーい」

『か、カリーナ……お前……あとで覚えてろよ……！』

「先輩こそシュンライ亭奢る約束忘れないでくださいよ?」

通信終了。すぐに先輩達は行動に移してくれた。いや、私が半分操作してたから行動に移さざるを得なかったともいう。

#Sideブレイド

今の俺たちはなぜか身体が勝手に動き、勝手に大活躍している。そして目の前の金眼で小柄なオーク――伝承にある、オークキングと一致する特徴のそいつと、互角の戦いを繰り広げていた。

背中に守った女冒険者から刺された時は死んだかと思ったが、これもなぜか無傷だった。うーん、ホント何者だよカリーナ。本当なら俺、多分6回は死んでるぞ?

「ってか、コイツめっちゃ硬い!　剣がボロボロなんだが!?」

「俺の盾も……その、ヒビだらけでもう崩れててておかしくないレベルなんだが」

「あー、うーん。なんでか形を保ってるよねぇ、あははは」

うん。それもこれも多分カリーナの仕業だ。間違いない。この戦いが始まる前に助力を願ったけど、まさかこんなことになるとは……いや助かるよ？　実際助かってるし命があるだけ儲けものな戦いだと思ってたしよ。

だが、戦いの後を考えると怖い。怖くて仕方ない。ここまで活躍させられた俺達には、今後この戦いっぷりが求められるようになるだろう。しかし元々こんな風に戦えるはずがない。過度な期待を背負わされて潰れる未来しか見えない……！　いやまぁ、まず生き残る未来があるだけマシといえばマシなんだけども！

……あー、冒険者は引退かなぁ。あと10年はやるつもりだったんだけど。


と、ここで耳元にカリーナの声が届いた。

『先輩先輩。今あなたの耳に直接話しかけています。先輩の手元に魔法の爆弾を送ったんで、切り札の魔道具を使う感じで投げてください。ヨロ！』

カリーナから魔法の爆弾とかいうものを渡された。……マジかよ。アイツ町の壁の上にいるんだぞ、どうやったんだ？　声だけなら風魔法で声を届ける物があるから分かるけども……まぁ今更か。

「か、カリーナ……お前……あとで覚えてろよ……！」

『先輩こそシュンライ亭奢る約束忘れないでくださいよ？』

それくらいこの町を守る対価としては安いもんだが。……まぁ俺達はこの戦いで限界を超えた力を使ったせいで戦えなくなって引退、ってとこかな。

と、ここで俺はハッとあることに気が付いた。戦い自体に集中してたら考える暇もないところだったが、軽口を交わす余裕すらあるから思いついた。

鍵となるのはカリーナから渡された魔法の爆弾。魔法の力が詰まっている紫色のクリスタルだ。

俺はシルドンとセッコーに目くばせをし、チラッと周囲で戦う冒険者を見る。

「おい、魔道具の最後の力を使うぞ！」

「魔道具？……あっ！　そうだな、もうそれしかない！」

「……！　好きにしてくれブレイド！　二度と動けなくなってもいい！」

俺の意図を察してくれるシルドンとセッコー。ちゃんと周囲に聞こえるように返事をしてくれた。フフ、察しが良い仲間を持って嬉しいぜ。

そして、すぐにそのタイミングは訪れた。俺が、カリーナから預かったクリスタルを投《とう》擲《てき》したのだ。……自分のことなのに他人事のように話すのは、いまだに喋る以外の身体の自由がないからである。

一拍遅れて、俺は叫ぶ。

「てやーーー!!　この魔道具の最後の力で片付けてやる！」

空高く放り投げられたクリスタルは、空中でグインッと向きを変えてオークキングへと突撃していく。

「コザカシイ!!」

と、オークキングがはねのけるようにクリスタルをパリンと割った直後。

オークキングの足元に、禍々《まがまが》しく黒い『穴』が開いた。

「ム!?――アッ」

突然、地面が消えたのだ。踏ん張ることもできず、跳んで逃げることもできず、落ちていくオークキング。それでも超反応で一瞬穴の淵に手をかけるかと思ったが、その手を拒絶するように穴がギュンッと広がりオークキングを飲み込んだ。

頭の先まで綺麗に落ちたところで、穴は出た時と逆にシュポッと窄《すぼ》まって消えて、何事もなかったかのようにただの地面になった。

「……は？」

「消え、た？」

あまりにもあっけなく、ストンと落ちていったオークキング。穴のあった場所の土草が薄く削られて、跡になっていた。オークアサシンが信じられないと言った顔でその跡を踏ん付けるも、もはやそこはただの地面のようで何も起きない。

「キ、キング!?　ドコイッタ!?」

「グギャ!?」

「ギィギィ！　ギャギッ!?」

オークキングが消えて、明らかに動揺するオークたち。

残っていたデカい蛇に至っては目を覚ましたかのようにうねり、近くのオークに襲い掛かっている。あ、セッコーが尾に弾かれた。って、おいカリーナ!?

『あ。ごめーん、ちょっと油断してた！　セッコー先輩にダメージはないから許して！』

ダメージがないのか、ならまぁ……う、うん？

俺達が内心慌てていると、前線組のメンバーが雄たけびを上げる。

「敵のボスはブレイド達『サンバッカス』が片付けたぞ!!　残りはザコだ!!」

「倒しつくせぇえええ!!」

「うぉおおおおおおおおおおおお!!!」

オークキングが消え、浮ついたモンスター達を掃討し始める前線組。これはもはや勝負ありだ。

「なぁ、カリーナ。もう大丈夫そうだ。俺達はもう下がっていいか？……おーい？」

カリーナに向かって声をかける。……反応がない。

「おーい。くそ、聞こえてないのか？」

『はふっ、なんすか先輩。ちょっと聞いてなかったんでもう一度お願いします』

こっちが大変だってのに、なにやら別のことに気を取られていたようだ。

「お、おう。俺達はもう疲れたからってことで休んでいいか？　下がりたいんだが」

『えー？　大戦果上げて英雄になってくださいよ。ほら、受付嬢の彼女さんもきっと喜びますって……にゃふんっ！』

「いや。今ならあの魔道具の力でしたってことでギリ誤魔化せるんだよ！」

と、俺は先ほどオークキングと戦いながら思いついた案を言う。カリーナが寄越したクリスタルに全部責任を押し付けるのだ。

「ほら、俺たちはあの魔道具の力で強化されてて、多分あっちの金眼も同じような感じだったんだろとか。魔道具が共鳴したとかでオークキングが消失したんだとか」

『おお。なるほど……名声だけ受け取ればいいじゃないっすか？』

暢気な後先を考えない提案をいうカリーナに、やれやれとため息をつく。

「実力に見合わない指名依頼でも舞い込んでみろ。死ぬわ」

『それはそうだ。さすが先輩、危機管理がしっかりしてる。ンッ、じゃあ私の操作と防御とかは解除しとくんで。怪我しない程度に下がってくださいね』
さっきセッコーがデスサーペントに跳ねられてたけど無傷だったのは、ギリ加護が残ってたとか言い訳するしかないな。
……にしてもさすがにカリーナも疲れたのか、息が荒かったなぁ。あいつ見た目だけは良いからホント困る。

カリーナとの会話を終えると、身体の自由が戻ってきた。ふーっ、大変な一日だった。

……と一息ついたところで、オークキングの消えた跡を探っていたオークアサシンがこちらに殺意を向けていた。

「……あれ？　まだいたの？」

「オノレ……オノレ、ヨクモキングヲ!!」

「うおっとぉ!?」

おいカリーナ!?　オークアサシン残ってんだけどーーー!?　うおぉおお!?

その後、俺達三人はボロボロの武具でなんとか1匹のオークアサシンを討伐することに成功した。……おかげで「俺達の力はあの魔道具の力だった」説に説得力が出たけども、納得いかねぇぇ！　覚えてろよ、カリーナ！　あー、その、そうだ！　姐さんに言いつけてやるからなぁ!!

#Sideオークキング

戦場に出るオークキング。オークキングの『魅了』により戦場に出ていた雌、つまり女冒険者等がこちらに寝返ったが、すぐに鎮圧されてしまった。あまりにも想定外。

「ナゼ、キカヌ!?」

それはカリーナによって引き起こされた。カリーナを中心に雷のように早く動く魔力の線。それにより雌共がバタバタと倒れていったのは、オークキングにしか理解できなかっただろう。

そしてなにより、カリーナは雌であるにも拘わらずオークキングに従わない。これが一番の想定外だった。

「グヌヌ、ナゼダ!? 間違イナク雌ナノニ、ナゼ『魅了』サレヌ!?――グオ!?」

そしてカリーナから魔力を供給されている三人の雄が、オークキングに襲い掛かってきた。

戦場で暴れまわる、特に脅威だった三人の人間。それはカリーナの力であることは間違いなく、カリーナさえオークキングの虜《とりこ》になれば、全てがひっくり返るはずだった。

「クソ、クソ、ナゼダ！」

三人の攻撃は、オークキングですら神の力を防御に回さねば切断されかねない脅威だった。いや、実質はカリーナからの攻撃である。これは、オークキング対カリーナという戦いである。カリーナは手駒の三人を使い、オークキングを仕留めようとしている。

「ガアアアア！」

オークキングは吠えた。三人の攻撃を振り払いながら、カリーナに『魅了』を飛ばす。手ごたえはある。これは自分が倒されるか、カリーナを虜にするか。そういう戦いだ。必死に抵抗しているのだろう、手駒からの攻撃が激しさを増している。

「おい、魔道具の最後の力を使うぞ！」

「魔道具？……あっ！　そうだな、もうそれしかない！」

「……！　好きにしてくれブレイド！　二度と動けなくなってもいい！」

手駒たちが何かを投げた。

「てやーーー!!　この魔道具の最後の力で片付けてやる！」

空高く放り投げられたクリスタル。空中でグインッと不自然に向きを変えてオークキングに迫ってくる。それをオークキングは手で払いのけた。

「コザカシイ!!」

直後クリスタルが割れ、オークキングの足元が消える。落とし穴に落ちたような感覚。

「シマッ……」

しまった。クリスタルで頭上に注意を向け、下から攻撃してくるとは——と、オークキングは空中で体勢を整え脱出しようとする。が、地面はシュッと遠くへ逃げ、伸ばした手は空を切った。


そうして、オークキングは『何もない空間』へと落ちた。

「……ドコダ、ココハ?」

薄暗く、見通すことができない広い空間。落下している感覚はないが、足元の地面すら消えている。少なくとも、ただの落とし穴ではない。

「……ダレカコイ!　オイ!　誰モイナイノカ!?」

オークキングの声が空間に吸い込まれるように消えていく。反響すらしない。山彦《やまびこ》のように声が返ってくることもない。

カリーナの魔力で満ちた空間だ、カリーナの仕業であることは間違いない。

「『魅了』……!!」

オークキングは『魅了』を放つ。踏ん張る足場もなく、怒りをぶつける壁もなく、それしかできなかったともいえる。だが、『魅了』でも何の反応も現れなかった。

しかしこれで良い。いずれカリーナがオークキングの前に現れるはずだ。その瞬間、ノータイムで『魅了』して、服従するペットにしてやる。

「クルナラ、コイ……！」

オークキングは、それ以外何もできないのもあって、ただただ『魅了』を放った。

#SideEND

「ううむ、先輩達の強化も解除して、私も体調がヤベーと下がらせてもらったけど……」

オークキングを収納空間にぶち込んだのはいいけど、すっごい抵抗されている。具体的には私の足がガックガクになるくらい、身体が発情モード？　みたいな？　これ、私の中身が男じゃなかったら堕《お》ちてたかもしらんね。

ていうか先輩達が言ってたけど、これゴブリンじゃなくてオークキングだったんだね。

いやぁ知らんかった。基本的知識本にも載ってなかったよ、レアモンスターだからかな。

「ってやっべ……中で暴れてやがる……ッ、くふぅんっ！　大人しくしろってぇ……」

　神器の力か？　時間停止も通用しない。一旦私は収納空間の拠点へと戻った。


「あるじ様！　お疲れ様です」

　赤い髪の可愛らしい女の子、アイシアが出迎えてくれる。あ、やっべ、めっちゃキラキラ可愛く見える。あー、押し倒したい。好き。

「大丈夫ですか？　肩を貸します」

　ふわっと柔らかな女の子の手が私に触れ、更には身体ごと私を支えようと密着してくる。ほんのりと女の子な汗の香りが鼻をくすぐる。

「……アイシア、ちょっとその、マズいかも」

「私に何かできることがあれば、なんでもおっしゃってください！」

　言ったな？　なんでもって。

「その、身体がね、ムラムラするというか……」

「ああ。戦闘の後は興奮するというあれですね。どうぞ！　奴隷の使いどころですよ！」

「んん!?　あー、うん？　そういうソレ、なのかな？」

　すっごいいいい笑顔で私に向かってウェルカムなアイシア。

「どうぞ!!」

「いいの？」

「私はあるじ様のものなので！　どうぞ!!」

「……ごめん、いただきます!!」

　そうして私はアイシアにようやく手を出した。ありがとうオークキング、この件だけはちょっと感謝しておくよ……！


　と、アイシアと夜通しイチャコラして頭と身体が少し落ち着いてきた。素っ裸で二人仲良く毛布に包まりアイシアを抱きしめつつ、どうしたもんかと考える私。

　まず、これは間違いなく収納にぶち込んだオークキングの仕業である。

「……どうしよ、コレ。はぁー」

　オークキングを収納している限りこの状態が続くのであれば、私はともかくアイシアが壊れてしまうのではなかろうか。

「私は、あるじ様になら壊されても別に……いくら壊れても、直せますよね？」

「んん？　こういうの治せるのかな？……まぁ多分治せるけど」

　脳が焼き切れたりしても、多分大丈夫だ。いける。

「なら大丈夫です。どうぞ欲望をぶつけまくってください。もっと痛いのもむしろ嬉しいです。壊して直して、私の全てをあるじ様に作り変えてほしいので」

可愛いことを言いながら、私にちゅっとキスしてくるアイシア。

くぅ、惚れてまうやろ……！

「うー、さすがにずっとこれだと生活に支障が出ちゃうし、なんとかしないと」

「私はあるじ様と肉欲に溺《おぼ》れる日々、全然素敵だと思いますが？」

「……生活費とか稼がないとだからね。それにこの世界をもっと楽しみたいし」

なので、オークキングをどうにかしなきゃならない。かといって、現状オークキングを出したところでどうしようもないのだ。なにせ私の無敵の空間魔法が効かなかったのだから。……うーん、無敵だったんだけどもなぁ。


またちょっとムラムラしてきた気持ちを抑え、アイシアにも相談してみる。

「困りましたね……出した瞬間にオークキングにあるじ様を取られるのは嫌です」

「そうなんだよ。神様に納品しないといけないのに……」

「ん？　神様に納品、とはどういうことでしょうか？」

首をかしげるアイシア。あれ、言ってなかったっけ？

「神器は、神様に納品するんだよ。で、多分オークキングが神器持ってるの。私の攻撃魔法が効かないのも多分神器の仕業だと思うんだよね」

「……あるじ様より上の神様がいらっしゃるのですね」

さりげなく私も神様みたいな発言をするアイシア。だから私は神様の使いっぱしりなんだけどなぁ。

「オークキングから神器を取り上げられないのですか？」

「それがねぇ。収納空間内を探ってはいるんだけど、どうにも見つからないの。これ、オークキングと一体化してるんじゃないかなって」

「なら、オークキングが神器ってことなんでしょうか。そのまま納品してはダメなんですか？」

「うん？」

アイシアの言葉で私は考える。……オークキングが神器。なるほど、その発想はなかった。ましてやそのまま納品とか。

「いいのかな、それ？」

「例えば冒険者の、モンスター生け捕りの依頼があるとしますね？　この場合納品物はモンスターです」

「うん」

「ですが、檻《おり》に捕らえたモンスターを、檻から出して納品しろとはなりませんよね？」

「……確かに？」

ということは。案外このまま納品しちゃっていいのかも？　いいのだろうか。オークキングとの最終決戦、みたいなイベントをぶっちしちゃって。

「むしろ下手に殺して、神器の力が消えてしまう方が問題なんじゃないでしょうか。伝承でもたまにそういう話ってあります。金の卵を産む鳥を殺したら二度と卵は手に入らない、とか」

「おお！　言われてみればその通りだよアイシア！」

確かにその通りだ。うっかり殺してしまうよりは、このまま納品してしまう方が何倍もいい！

「そうと決まれば、早速神様に納品してくるよ！　アイシアに相談してよかった、ありがとうね！」

「あっ。……あ、はい。あるじ様、お気をつけて」

私は、早速神様の下へ、教会へと急いだ。

#Side オークキング

閉じ込められてから、体感にして一晩は経っただろうか——突然、世界に地面が現れた。

「ブモッ！……ナ、ナンダ？」

重力に引かれて倒れおちるオークキング。その目の前に、一人の少女がいた。金髪の少女。カリーナではないが、莫大な力を感じる。

「『魅了』！」

「あ、効きませんよ？」

ニッコリと笑顔を向けられる。幼くとも雌であれば対象になるはずなのに、目の前の少女は一切オークキングに惚れるようなそぶりを見せない。カリーナ相手ですらわずかに感じていた手ごたえすら、一切なく。

「『魅了』！『魅了』！……『魅了』!!」

しかし、オークキングはただひたすらに『魅了』を放つ。目の前の少女に恐怖しながら。

「あはは、私に神器の力が効くわけないじゃないですか。じゃ、抽出っと」

少女がそういうと同時に、オークキングの中から大きな力が抜けていく。抜けた力が空中に集まり金色に光る玉となる。神の力だ。オークキングは光る玉に手を伸ばすも、玉はシュルンと飛んで少女の手に収まった。

「カエ、セ……！」

「元々私のです」

少女は、コロコロと丸めるように小さくし、ぱくっ、と玉を食べてしまった。子供がオヤツを食べるように、あっけない気軽さで。

「アーーーッ!?」

「ん、これはこれで。靴下の方が美味しいですが、まーいいでしょう」

ぺろりと唇をひと舐め。

「……うーん、残ったコレは別に要らないですね。あー。あなた、どうしたいですか？」

ちょこん、と可愛らしく上目遣いで尋ねる少女。

それはあくまで自分が可愛らしくありたいからという少女側の都合だったのだが、オークキングはそれを自分に媚びているのだと勘違いした。先ほど、力を奪われたばかりだったのに。コレ呼ばわりされたのに。

「オマエ、俺ノ女ニ、シテヤル……！　ダカラ、チカラ、カエセ……！」

「は？　私の恋人は混沌神さんだけですが？」

ニコリ、と微笑む目の前の少女。しかし、目は笑っていない。

「死罪です」

同時に、とてつもない怒気が放たれる。それは、世界が１、２個滅びる神の怒り。オークキングはその小さな身体を理不尽な怒りに晒されて、物理的に弾け飛ぶ。神の怒りを受けて、細胞のひとつひとつに至るまでがただ許しを請うように爆ぜ、消え失せた。

「おっとうっかり。弄ぶ暇もありませんでしたね。……あーあ、返せじゃなくて帰せ、だったら叶えてあげたかもなんですけどねぇー？　ま、いっか」

少女であれば死ぬ前の状態に戻して弄ぶこともできたが、わざわざそこまでするほどには怒っていなかった。

「さてっ！　カリーナちゃんの続き見よっと！」

少女は、よいしょと何もない空間に腰を掛け、足をプラプラさせる。

既にオークキングのことはどうでもよくなっていた。

#SideEND

教会から行った神様空間にて、私は神様にオークキングを納品した。

「はい、納品を受け付けましたっと。約束通り５００ＳＰ付与してあげます」

「やった！　ありがとうございます！」

別に倒す必要なんてなかったのだ。そのまま納品してしまえば！

あー、神様に納品して急激に頭と身体もスッキリ。やっぱりオークキングが悪さをしてたってハッキリ分かったね。

「私に襲い掛かりそうな発情カリーナちゃんも可愛かったですが、オークキングに屈服させられるカリーナちゃんとかもちょっと見てみたかったですね？」

「えぇ……そんなことになったら、私の冒険がそこで終わっちゃいますよ神様」

「む、それは確かにもったいないか。ま、今回は昨晩のアイシアちゃんとのイチャイチャで許してあげます」

しまった、そういやオークキングのせいでコッショリ君を使い忘れてた!? うう、神様に痴態を見られたぁ……

「それでは、生理スキップ薬のサブスクしていきます？ シエスタとそういう話してましたよね」

おっと、さすがに教会での話だ、神様も聞いていたか。

「はい！ していきます！」

「では一年契約ということで……はい、３５０ＳＰ徴収しました。残りは１５０ＳＰですよ。やったね！」

　ぽすん、と私の手の中に小瓶と、その中に入った1粒の薬が現れた。

「初月無料なのでこれから13ヶ月、あと12回。毎月生理になる前に次の薬を送ってあげますね。その瓶は大事にしてください」

　おお、これがスキップ薬。……複製はできなさそうだ。神様からコピーガードかかってるのかこれ。


「あ、それと言い忘れていましたが。一般で売られているピルはカリーナちゃんにも効きますよ」

「ピル？」

「はい。生理を止めるお薬です。私の恋人、混沌神さんが開発した副作用のないお薬で、働く女性御用達のお薬ですよ！」

　むふん、と得意げに胸を張る神様。

　生理を止める薬。確かに日本でもそういう薬はあった。そしてそれは実質、スキップ薬と同じようなものだ。……え？　そんな薬があるの？　店売りアイテムで？

「え、でも、ピルとか日本から取り寄せとかしないと手に入らないんじゃ」

「日本にある薬が、なんで異世界にないと思ったんです？　もっと凄い、振りかけたり飲むだけで傷が治るポーションとかあるのに」

「確かに!?」

言われてみればそうだ。日本にあって異世界にない道理はない。

「あの、え？　でもシエスタも先輩達もそんなこと一言も教えてくれませんでしたが？」

「シエスタはそんな薬必要ないので知らないでしょうね。カリーナちゃんの先輩達も男だし、わざわざ調べないでしょう。ああ、ハルミカヅチちゃんやサティたん、アイシアちゃんは知ってたと思いますが、当然カリーナちゃんが生後０歳だとは思わないだろう。まさかカリーナちゃんが知ってると思ってたでしょうねぇ」

「……つまり？」

にまにまと笑う神様が、そっと私の耳元で囁《ささや》く——

「あはっ。ＳＰ、無駄遣いしちゃったね……！」


——それは大変嬉しそうな声であった。

「か、か、か、神様!?　騙しましたね!?」

「騙してませーん、カリーナちゃんが情報収集怠ったのが悪いんですぅー。ピルのことは基本的知識本にも書いてありますし、むしろ黙ってたら来年また３５０ＳＰ払ってもらえ

そうだったのに教えてあげたんですから、有情でしょう?」

ぐぬぬ……！　その通りすぎてなんも言い訳できねぇ……！

「クーリングオフ！　クーリングオフを所望します！」

「残念！　神様カタログにクーリングオフはないんですよ。ま、オークキングの処理を私任せにした手数料だと思って諦めてくださーい」

「くぅー……！」

く、悔しい！　でも納得しちゃう！


……かくして私は、そこはかとない敗北感と共に教会へと戻った。

手には350SPの対価、生理スキップ薬。サブスク契約は自動更新で解除は契約更新の1ヶ月前のため、忘れずに解除しなきゃ……あーーーもーーーー！

おのれ神様ぁーー!!!　いつかなんかこう……なんかこうして見返してやるぅ!!

エピローグ

#Sideアイシア

納品に出かけたご主人様は、すぐに戻ってきました。

「うわーん神様の手のひらの上で弄ばれたぁーーーー!!　アイシア慰めて!!」

「えっと、おかえりなさいませ、あるじ様。その、よ、よしよーし?」

畏れ多くも抱き着いてきたご主人様の頭を撫でさせていただきます。あれ、出かける前までのふわふわする感じが消えています。何があったのでしょうか。

暫く撫でて落ち着いたのか、あるじ様はポッポッと理由を話し始めてくださいました。どうやらあるじ様より上の神様にしてやられてしまったようです。

「というわけで、閉じ込めてたオークキングを納品して、生理スキップ薬のサブスクを申し込んだんだ。そしたら……神様ってば生理停止薬《ピル》があるって……お店で売ってるって……」

「……あるじ様、ご存じなかったんですか？」

「ご存じありませんでしたぁ!!　そういうの、そういうの教えて！　私そこらへん全然無知だから！　無知蒙昧《もうまい》だからぁ！　生後1ヶ月の赤ちゃんだからぁ!!」

私のお腹にぐりぐりと顔を押し付け涙を拭くあるじ様。あ、もっと。それもっとくださいー――げふんげふん。あるじ様に頼りにされるの、とても誇らしいです！

「はぁー、一通り愚痴吐いてスッキリした。……ごめんねー、甘えちゃって」

「え、いえ。むしろもっと甘えてください。むしろあるじ様を産みたいです」

「うむ？」

キョトンと首をかしげるあるじ様。あぁ可愛らしい！　私、あるじ様のママになりたいです！　すみません不敬ですね!?　でもお慕い申し上げておりますぅう!!

「まぁいいや。今日は外で食べよう、外で！　パーッと！」

「……その。一応、お食事は用意しておいたのですが」

「うん、それは明日食べよう！　時間止めときゃ出来立て美味しくそのまんまだから！」

「あ、そうでしたね」

せっかく作ったご飯を食べていただけないかと思いましたが、あるじ様の作った『保管庫』はできたての料理をできたてのまま保管することができるのです。私が今まで生きてた世界にはなかった道具なのでまだ慣れてないですね。

「今、モンスターの大襲撃を退けたお祝いで町中がお祭り騒ぎになっててさ。折角だし楽しもうよ。アイシアも一緒に。ね？」

「なるほど。お供します」

昨日の件ですね。あるじ様も活躍したに違いありません。民衆がどれほどあるじ様を讃えているか見ものですね！


玄関から外に出ると、そこは教会の裏庭でした。扉はひっそりとした路地裏にあったと思ったのですがこれもあるじ様の奇跡でしょう。

「っと、しまった。そういえば昨日の報酬貰ってないや。冒険者ギルド寄って良い？」

「はい。もちろんです！」

と、冒険者ギルドへと向かいます。……むむ？　オカシイですね。周囲の人たちからあるじ様を讃える声が聞こえませんよ？　ほら、あるじ様はここにいるんですよ？

「うぉおおー！　ブレイド斬り！」

「なんの！　シルドンガード！」

「セッコー回避術！　あはははは！」

子供たちがオモチャの武具を振り回して遊んでいます。ブレイド、シルドン、セッコー。あるじ様の冒険者ギルドでの知り合いのお名前ですね。

「いやぁ、彼らはこの町の誇り。英雄だよ」

「全くだ。今度指名依頼を出してみようかな」

「戦いで特別な力は失ってしまったらしい。フツーのにしてくれって言ってたぞ」

吟遊詩人として鍛えた耳に、そんな噂話が聞こえてきました。

彼ら。あるじ様は女性でソロなのですが。


色々と違和感を覚えていましたが、極めつけは冒険者ギルドでした。

「新たな英雄『サンバッカス』の三人にカンパーイ!!」

「「「カンパーイ!!」」」

んんん!?　これはいったいどういうことでしょうか!?　杯を捧ぐべきはあるじ様なのでは!?　とあるじ様を見ると、のほほんとした顔でどんちゃん騒ぎを見ていました。

「いやー、平和って良いよねー」

「あるじ様……」

そうか。あるじ様は功績よりもこの平和を喜んでおられるのですね……

くっ、なんということ。先日顔合わせしたときにはまさかそんな非道な男だとは思ってもいませんでしたが、純朴なあるじ様から功績を奪った三人は地獄に落ちるべきです！

うーん、ここは元吟遊詩人として『あるじ様を讃える歌』を歌って広めるしか――

「おっ、ブレイド先輩！　やっほー！　元気ぃー!?」

「おーぅ、カリーナじゃねぇか。元気なわけあるか、身体中ガッタガタだわ。一晩休んでようやく動けるようになったばかりだ」

!!　こいつはあるじ様の功績を奪った冒険者のリーダー、無礼者のブレイド!!　カウンター席でのんびりと酒を飲んでいやがったのを、あるじ様が声を掛けました。

「お疲れ様っす。いやー大活躍でしたね」

「おかげ様でな。ま、なんとか今後も冒険者が続けられそうだわ……ああ、そういや約束してた例の件、姐さんにはしっかり言っといたからよ」

「お!?　マジすか？」

「当たり前よ、俺を誰だと思ってる。約束を守ることに定評のあるブレイドさんだぞ」

ドン、と胸を叩くブレイド。

「先輩マジ英雄。カッコイー。受付嬢の彼女さんも大喜び？」

「……報酬をシュンライ亭につぎ込んだせいで早速フラれたけどな！　お前に奢る理由を説明できねぇから釈明できなくてよぉ……」

不貞腐《ふてくさ》れるようにカウンター席に突っ伏すブレイド。

「あらら。なんかゴメン?」

「いやいいよ。お前がいなきゃ死んでたんだし……最初から告白なんてなかった。そういうことで頼むわ」

「はーい。ご愁傷様でゴチっすわー。頑張れ英雄。モテろ」

ポンポン、と肩を叩き励ますあるじ様。優しすぎませんか?


「そういやシルドン先輩とセッコー先輩は?」

「まだ動けねぇってんで宿だ。俺はリーダーだからな、リーダーじゃなかったら俺も寝てた。リーダーだから気合で来れた……身体ガッタガタだけど」

と、ブレイドが首や肩を回すとゴキゴキと鳴りました。

「あー。先輩方にポーションでも差し入れとくべきでしたか。んじゃこれどーぞ」

「おー、貰っとくわ……って、黄色いポーションとか初めて見るんだけど、飲んでも大丈夫なやつか?」

と、あるじ様はブレイドに黄金色のポーションを渡しました。……あれ? もしかして伝説のアンブロシアでは? 拠点に山積みされている果物を濃縮したような感じが……

「手作りのポーションっす。食べられないモノは使ってないから多分大丈夫っすよ」

「おいおい大丈夫かよそれ」

「ちゃんと飲んでくださいねー。消費期限は本日いっぱいっす。転売しちゃダメっすよ？」

「ンな横流しなんてしねーよ。サンキューな、すぐ飲むし飲ませてくるわ」

「そんじゃ私はこれにて！　早速シュンライ亭いってきますわー！」

「いやまだ明るいからやってねぇだろ。夜行けよ」

「じゃあ暗くなったら即行くんで！　では！」

あるじ様は私の肩を押して一緒に冒険者ギルドを後にしました。

と、そこであるじ様はこっそり私に耳打ちしてきます。

「にしししし、香水をポーションと言って差し入れてやったわ。せいぜい良い香り巻き散らして歩く芳香剤になるがいい。まぁ作り方はポーションだし飲んでも問題ないっしょ」

おお、あるじ様、きっちり天罰をお与えになったのですね。では私もこれ以上は何も言いません。

後方から香水を飲んだであろうブレイドが「おいカリーナ!!　おいコラー!!」と身体の不調もなかったかのように元気に叫んでいますが、当然の報いですね。ええ。

そして、私とあるじ様は大通りに出ていた屋台で串焼き肉やスープ、蜂蜜ジュースを買いました。報奨金を使って、自分たちで食べ歩きする分とは別に「シュンライ亭への差し入れ分だー！」と買い漁っています。普通なら食べきれるのかどころか持ち歩けるのかが不安になるほどの買いっぷり。ですがあるじ様のリュックは保管庫につながっているそうなので心配無用です。

「にしても、思ってたより多く報酬貰えたなぁ。大人買いしちゃいまくりだよ」

「ということはやはりあるじ様、大活躍だったんですね」

「うーん、壁の上から魔法撃ってただけのはずなんだけどねぇ、対外的には」

「見る人は見ていた、ということでしょう」

ブレイド達『サンバッカス』にも奪いきれない滲《にじ》み出る功績。さすがあるじ様です。

ふとオーク肉の串焼きを見てあるじ様が言います。

「アイシア。オークアサシンは上位種だけど、普通のオークより美味しくないんだよ。だから屋台に並んでないんだって。知ってた？」

「そうなんですか！　あるじ様物知りですね！」

「私も知らなくて先輩に教えてもらったんだよ。これは一般知識ではないのかな？……私はこの世界で知らないことの方が多いから、アイシアが私にいっぱい教えてよね」

おっと、そういうことでしたか。……普通に考えたら、強い方が筋張っててマズそうですよね。やはりあるじ様は浮世離れしているというか、俗世に疎いご様子。

「ああ、でも確かに強い者の肉を食らえば強くなる、みたいな迷信もありますね」

「お、そうなんだ」

ならドラゴンとか食べる地域もあったりするのかな？　と呟くあるじ様。「会ったら絶望」と言われるほどの強さを持つドラゴンが捕食対象として真っ先に出てくるあたり、やはりあるじ様は凄い。

あるじ様と暗くなるまでお祭りを堪能し、シュンライ亭へとやってきました。

「ハルミカヅチお姉様ー！　先輩の奢りで来ました！　やってます？」

「来たかいカリーナ。ブレイドから聞いてるよ」

シュンライ亭に着くと、狐獣人の美女があるじ様に向かって小さく手を振りました。指を開かない大人っぽく上品な手の振り方。……って、あるじ様？　ここ、エッチなお店ですよね？　一階はバーで、接客してるお姉さんを誘えるタイプのお店ですね？　あ、ステージがありますね。元吟遊詩人としてはちょっと気になります。

「ブレイドからは十分な額預かってるから好きに楽しんできな。超えたら別途ブレイドにツケとくから。……ん？　そっちの子は奴隷かい？　ウチで働かせるにしても子供はお断りだよ」

「あ、アイシアです。ハーフドワーフなのでちゃんと成人してます……えっと、あるじ様。私、あるじ様のご命令なら喜んで働きますよ」

「いやいやいや！　先輩に奢ってもらえるから連れてきただけだよ!?」

　ブンブンと首を振るあるじ様。

「というわけでパーッとやろうかなって。あ、町がお祭りみたいになってたから差し入れも買ってきたんで！」

「おやそうかい。うちの娘《こ》達も喜ぶよ。……って、リュックに皿でいれてんのかい？　中汚れるんじゃぁないか？」

「へっへっへ、そこは秘密のコツがあってね。汁物でも一滴もこぼさず運べるよ」

「ほぉー。そりゃ凄い」

　あるじ様から差し入れをいくつか受け取るハルミカヅチさん。秘密のコツって、あるじ様の魔法ですよね。コツ、うん、コツといえばコツなんでしょうか。

「さーて、それじゃあお姉さん達と遊ぼう！　今日は飲むぞー！　ハルミカヅチお姉様とも乾杯！　アイシアとも乾杯！　二人とも飲んでよ、今日はブレイド先輩の奢りだっ！」

「仕方ないねェ……なぁアイシアちゃん。ハーフドワーフなら酒もイケるかい？」

「火酒でも飲めますよ」

「カリーナはさっさと酔い潰した方が平和そうだ。手伝いな」

と、ガラスのコップに琥珀色の蜂蜜酒を注ぐハルミカヅチさん。ごくり、と喉が鳴りました。お酒。そういえば奴隷落ちしてから飲んでませんでした。3年ぶりです。飲み過ぎると喉に良くないのですが、もう吟遊詩人ではありませんし、いいですよね？　あるじ様なら……いくら壊れても直せますよね？　治すではなく直すで。

「分かりました。協力します」

「……ねぇねぇ二人とも？　そういうのはせめて私に聞こえないように企んでもらってもいいかな？」

とはいうものの、あるじ様は数杯であっさり酔いが回り、私とハルミカヅチさんで肩を貸して2階で休憩することとなりました。

その後三人で朝まで――何をしたかは、秘密です。えへへ。お慕いしてます、あるじ様。

#SideEnd

ぐへー。目が覚めるとズキンズキンと痛む頭。隣にはスケスケ寝間着の赤髪ハーフドワーフのアイシア。あ、私もスケスケ寝間着だこれ。わーえっち。引っ張ったら簡単に破けそうで怖いっ。お値段的にっ。

で、昨晩何があったかって?……記憶にございません。が、なんか時間停止収納にアイシアとハルミカヅチお姉様の靴下が増えていた。……神様への納品はしないでおこう。アイシアはともかく、ハルミカヅチお姉様のは前に納品してから日が浅いし自分用にしてしまうとしよう。いや決して横領ではなく。個人的に思い出というかね?

『ハローもしもし、神様です。同好の士が増えてくれて嬉しいです。なのでその靴下は見逃してあげましょう。以上、神託でした』

うん、神様見てたんすね。気軽に神託言い逃げせんといてください。あと同好の士というか、そういう性癖を埋め込んだのアンタでしょ。

にしてもあれだ。ハルミカヅチお姉様は商売人だからさておき、アイシアは奴隷っ子で私に逆らえない。本当は嫌々相手してるんじゃないか、と思うと気軽に誘えないよなぁ。奴隷なんだからその辺無理矢理でもいいんじゃないか、とも思うけど。……くっ、可愛い寝顔!　ムラムラしてきちゃう!

「おや起きたかい、寝坊助」

「あ、お姉様」

部屋の入口を見るといつぞやを彷彿とさせるハルミカヅチお姉様の立ち姿。相変わらずボディラインがよく出る黒いドレスがお似合いで。

「朝飯だよ、食べるだろ？　料金はブレイドにツケとくから」

と、三人前のおにぎりを持ってきてくれるお姉様。……おにぎり！　へぇ、この世界にお米あったんだ。まぁあの地球や日本文化に詳しい神様の世界だし、ないはずはないか。

「いただきます！　具はなんですか？」

「おや？　オニギリを知ってたのかい？　ここらじゃ見かけないと思うんだけどね」

「そりゃー故郷の食べ物ですしおすし」

「スシも知ってるのか。ふぅん、カリーナはアタシと故郷が近いんだね」

そういうつもりで言ったわけではないんだけど、スシもあるんだこの世界。

ちなみに具は白身魚の干物をほぐしたやつだった。程よい塩味で米に合うね。結構なお点前で。

「でも確かにここら辺じゃ見かけないですね？」

「ここいらでも売ってなくはないんだが家畜の飼料でね、安いけどマズいんだ。これは知り合いの商人にヴェーラルド経由で仕入れてもらったちゃんとした米さ」

ヴェーラルド。大型船も利用できる港町で、商売も盛んだとか。……って、つまりそれ輸送費とか込み込みで結構なお値段だよね。ブレイド先輩の奢りで助かったよ。

「ふぁ、おはようございます、あるじ様……あっ！　申し訳ありません、あるじ様より遅く起きてしまいました……」

「いいよいいよ。ところで昨日もまたお酒飲んでからの記憶がないんだけど」

「えと……その……ねちっこかったです！」

うんんんん!?　なにその評価?!

「あー。確かにねちっこかった。アタシもあそこまでやられるとさすがに疲れたよ」

「何したの昨晩の私ぃ……！」

くっ、記憶が！　記憶がございません！　ぐぬぬぬ！


「ほら、アイシアも食べな。ブレイドの奢りだよ」

「ありがとうございます、ハルミカヅチさん」

昨日はまだどこか警戒心が残ってたアイシアだけど、すっかり打ち解けたらしい。二人で私の面倒を見たからかな？　うん、つまり私の功績ってことだな！　ヨシ！

「……オニギリですね！　前に食べたことがあります、ベーシュと合うんですよね」

「酒飲みのドワーフらしい評価だね。ま、ベーシュも米の酒だから合うのは合うさ」

ベーシュ、米酒もあるのか。ほーん。

「米酒もヴェーラルドで手に入るのかな？……ヴェーラルド、行ってみようかなぁ」

「おや。そんなら折角だし、お使いでも頼もうかね」

私のつぶやきを聞き逃さない狐耳。ニヤッと笑うハルミカヅチお姉様。

なんざんしょ御用お聞きしますよ。あ、でもお酒は個人取引の範囲でお願いします。免許ないんで。


ハルミカヅチお姉様から港町ヴェーラルドで手に入る品の仕入れを依頼され、このソラシドーレを旅立つことに決まった。

「なので、ヴェーラルドに行ってみます！」

「はい、あるじ様。では旅の準備をしましょう……あれ？　あるじ様の場合、どんな準備が必要なんでしょうか。この拠点があれば、テントも要らないですよね？」

「んん。確かに。……でも普通の旅装があればいいかな」

空間魔法という反則技が使えるのを隠すために、一般行商人を装えるだけの装備は持っておきたい所存。

「足りない物があれば戻ってきて買えばいいし、フツーに行商人ならこのくらい、って装備を揃えよう。レッツゴーお買い物！　一緒に行くけど品定めとかそういうのはアイシアに丸投げで任せるから！」

「はい！　お任せください！」

仕事を任され張り切るアイシア。生き生きしてるなぁ、私も頑張らないと。

「そういえばあるじ様。目標とかはあるんですか？」

「目標？　んー、そうだねぇ……」

ぶっちゃけないといえばないんだ。いきなりこの世界で「ご自由にどうぞ」と放り投げられた私だもの。でも、しいて言うなら――

目指すぜ、お金たっぷり稼いで悠々自適の快適スローライフ！　美味しいもの一杯食べ放題の美食ライフ！　そして美少女侍らせ百合ハーレム！……修羅場だけは勘弁な！

――うん。実際、神様から授けられた空間魔法の力があれば、不可能な夢ではない。煩悩山盛り三大欲求フルセットだ。

「とにかくお金をめいっぱい稼ぐ必要はありそうだね！」

「分かりました。このアイシア、あるじ様の目標のために粉骨砕身働かせていただきます！」

「ほどほどにね！」

今後も、私はやりたいことをやって、たまに神様へ靴下を貢いだりするとして、自由気ままに好き勝手生きていこう。他人に迷惑がかかり過ぎない程度に。

……尚、そういえば行商人ならヴェーラルドまで運ぶ商品も必要だということになって、そのためのお金がすっからかんだったりで、なんやかんやもう数日ソラシドーレにいることになったのは、ここだけのお話。

あとがき

神様が勇者に魔王を倒させるのって手間ですよね。そもそも神様なら魔王の一人や二人指の一本で倒せておかしくないと思うんですよ。チート能力渡すくらいなら、自分で魔王を髪の毛一本残さない程コテンパンにする——というわけで生まれたのがこの作品で、皆様が応援してくださったおかげで書籍化しました。しかもイラストはＩｘｙ先生！　これは金剛石ですわ。まさにダイヤモンド。かわいいイラストありがとうございます！

はい、というわけであとがきです。今回はちょっと本編書きすぎたので1Ｐだけ。改行もおちおちできない詰め具合で作品解説をしていきましょう。元々Ｗｅｂ版で書いたものが母体となっているわけですが、書籍化するにあたり色々変更されています。というか編集さんが「ソラシドーレだけで1巻にしましょう」と言ってきて、次の町までで1巻かとかんがえていた私はその時点で大幅変更せざるを得なくなったわけですね。書き溜めあってのんびりできるな！　とか思ってたのに。働かざるを得ない……！　ちくせう……！

色々と変わってるので、変更点を探してみると面白いかもですね。ってあれ、もう終わり。1Ｐは短いなぁ……というわけでまたお会いしましょう。ノシ

鬼影スパナ

ファンレター、作品のご感想をお待ちしています!

【宛先】
〒104-0041
東京都中央区新富1-3-7　ヨドコウビル
株式会社マイクロマガジン社
GCN文庫編集部

鬼影スパナ先生 係
lxy先生 係

【アンケートのお願い】

右の二次元バーコードまたは
URL (https://micromagazine.co.jp/me/) を
ご利用の上、本書に関するアンケートにご協力ください。
■スマートフォンにも対応しています (一部対応していない機種もあります)。
■サイトへのアクセス、登録・メール送信の際の通信費はご負担ください。

GCN文庫

あとはご自由《じゆう》にどうぞ!
~チュートリアルで神様《かみさま》がラスボス倒《たお》しちゃったので、私《わたし》は好《す》き放題《ほうだい》生《い》きていく~

2023年11月26日　初版発行

著者　鬼影《おにかげ》スパナ
イラスト　Ixy《いくしー》
発行人　子安喜美子
装丁　AFTERGLOW
DTP/校閲　株式会社鷗来堂
印刷所　株式会社エデュプレス
発行　株式会社マイクロマガジン社
〒104-0041　東京都中央区新富1-3-7　ヨドコウビル
[販売部] TEL 03-3206-1641/FAX 03-3551-1208
[編集部] TEL 03-3551-9563/FAX 03-3551-9565
https://micromagazine.co.jp/

ISBN978-4-86716-494-5 C0193